KB038746

2010
신춘문예 당선시집

문학세계사

2010
신춘문예 당선시집

〈시〉 강윤미 권지현 김성태 박성현 석미화 성은주
심명수 유병록 이길상 이만섭
〈시조〉 김대룡 김환수 박해성 배경희 조민희

2010 신춘문예 당선시집 ◇차 례◇

시

시

신춘문예 당선 시

강윤미

1980년 제주 출생
원광대학교 문예창작과 및 동대학원 졸업
2005년 광주일보 신춘문예 시 당선
2007년 광주일보 문학상 수상
2010년 문화일보 신춘문예 시 당선

orum1980@hanmail.net

■문화일보/시
골목의 각질

골목의 각질

골목은 동굴이다
늘 겨울 같았다
일정한 온도와 습도가 유지되었다
누군가 한 사람만 익숙해진 것은 아니었다
공용 화장실이 있는 방부터
베란다가 있는 곳까지, 오리온자리의
1등성부터 5등성이 동시에 반짝거렸다
없는 것 빼고 다 있다는 표현처럼
구멍가게는 진부했다 속옷을 훔쳐가거나
창문을 엿보는 눈빛 덕분에
골목은 활기를 되찾기도 했다
우리는 한데 모여 취업을 걱정하거나
청춘보다 비싼 방값에 대해 이야기했다
닭다리를 뜯으며 값싼 연애를 혐오했다
청춘이 재산이라고 말하는 주인집 아주머니 말씀
알아들었지만 모르고 싶었다
우리가 나눈 말들은 어디로 가 쌓이는지
궁금해지는 겨울 초입
문을 닫으면 고요보다 더 고요해지는 골목
희미하게 새어 나오는 인기척에 세를 내주다가

얼굴 없는 가족이 되기도 했다
전봇대, 우편함, 방문, 화장실까지
전단지가 골목의 각질로 붙어 있다 붙어 있던
자리에 붙어 있다 어쩌면
골목의 뒤꿈치 같은 이들이
균형을 잡으려고 안간힘을 쓰다가
굳어버린 희망의 자국일 것이다

내 눈동자 속의 길

여행 끝에 도착한 여관방
누군가 마지막까지 힘껏 짜다 만 치약,
한 번 쓸 만큼만 남겨 놓은 그것을 검지에 묻힌다
어둠이 이 방을 헹구고 갈 때까지 나는
오랫동안 후생後生의 나를 기다린 것 같다

흑백사진 같은 거울에 스며 있는
수많은 여행자의 몰골 위에 나는
입김을 불어 강물이라고 쓴다 눈을 깜빡이자
타일 무늬 속으로 황급히 휘돌아가는 기척
벽의 수면 위로 꽃들이 질 줄 모르고 핀다

꽃들이 토해내는 향기를 좇아
모래사장을 걸어나가면 저녁은 태어나고
수평선에서 겨우 빠져나온 오징어배의 불빛들
한숨 돌리고, 또다시 파도를 뜯으러
달려가는 모래알을 따라가면
눈동자에서 시작한 길의 끝을 만난다

노을에 취한 파도였는지

포말에 엉겨붙은 바람이었는지 비릿한 게 그리워
나는 쉴새없이 셔터를 눌러대고

필름도 없이 찍힌 카메라 속엔 바람도 없다
바다도 없다 카메라는 잠시
내 눈동자를 빌려 썼던 것
꽃 속으로 들락날락했던 다섯 살은
이미 무늬였던 것 내 손목이 원피스를 집어 들었을 때
꽃대 속으로 바람을 불어넣었던 눈동자

창문을 얼리는 겨울의 입김 속으로 다시 말발굽 소리 들리고,
나는 운동화끈을 매면서
오래 전 엉덩이에서 사라진 몽고반점을 찾아
꾸릴 것도 없는 짐을 꾸린다

기린

이젤의 긴 다리가 자신의 다리와 닮았다는 사실에
너는 한동안 멍해 있을지도 몰라
깨달음은 하루살이처럼 날아드는 법이니까
기린 그림을 그리기 위해 너는
기린을 보기 시작했어
입장료만큼의 몸값으로 서 있던 기린들은
너의 눈빛에 묻은 생각을 알아차리고
순순히 이젤이 되어 줄 테고 말야
어린 노란색으로부터 늙은 갈색으로 이어지는 고민이란
유년에 밟았던 흙의 빛깔에 머무르겠지
너의 몸은 아프리카의 땅을 닮았으니까
사자의 거친 숨소리가 허공을 갈기갈기 찢으며 좇아오는
어린 기린의 길을 기억하기 위해
몸에 지도를 새기기 시작했다는 것도 알지
슬픔의 높이를 잴 수 있다면 나는 먼저 너를 떠올릴 거야
무게를 받치려고 두 다리는 목의 길이만큼 진화해가고
몸은 소화되지 못한 울음마냥 부풀어 올랐다는 걸 알아
이쯤 되면 그림이 잘 그려지지 않는다고?
목이 긴 여자를 그리기 위해 눈동자를 훔친 모딜리아니를 생각해
목을 내밀어 그림 속 여자의 앙다문 입술에 귀 기울여봐

여자의 말은 눈동자 속에 있고
너의 목소리는 미로 속에서 길을 잃지
나는 그 무늬의 자물쇠를 열고 네가 되는 상상을 해
나뭇잎에 가까운 생을 산다는 것은
떨어지는 것들을 동경한다는 거야
어둠은 위에서부터 차근차근 내려앉고
별똥별은 떨어지기 위해 매일 조금씩 위로 솟구치지
어쨌거나 너의 몸을 꽉 짜면 흙냄새 나는 물감이 뚝뚝 떨어질 것
만 같아
땅을 밟을 때마다 너를 그리고 있다는 것을
나는 동물원의 도화지 위에서 나도 모르게 알아버리지

기꺼이 window*라고 불러드리죠

wind

윈드, 얼굴을 상상해봅니다 당신은 지구의 반대편에서부터 나를 향해 달려왔지요 이 저녁 가장 낮게 매달려 있는 나뭇잎인 나를 안아주러 말이죠 하늘에 떠 있는 별을 보며 당신은 곰보가 아닐까 생각했어요 알고 보면 별은 손가락에 침을 묻혀 뚫어놓은 구멍이지요 돌담의 틈 사이로 고개 내밀면 수평선이 놓아버린 당신이 늑골까지 들어찼어요 풍경의 어깨에 기대 한갓진 오후를 보내는 유채꽃 같은 열여덟이 피어났지요 허리춤까지 오는 꽃밭으로 사내들이 불러내는 봄, 그들과 입맞춤할 때면 가슴이 부풀어 올랐어요 가슴이 커졌으면, 하고 바라던 그때 가슴과 브라 사이로 손이 들어왔다 나갔죠 사내들은 한 줌 모래 같은 당신의 얼굴만 만지다 떠나갔어요

eye

아이, 당신의 일부는 바람으로 만들어져 있어요 구름이 깜박일 때마다 전생에 흘려놓은 점액질의 감정들이 쏟아져 나오죠 당신은 눈꺼풀을 열고 닫는 것보다 풍경 안으로 누군가를 초대하는 것을 두려워하죠 바람이 모는 기차를 타고 산을 오르고 바닷물에 손을 담그는 당신, 세계는 눈을 감아버리면 죽어버리니까요 보는 족족 액자가 생겨요 필름 없는 폴라로이드의 침묵이 환해졌다 멈추는 순간 나타나는 마음, 당신이 참았다가 내뱉는 고백은 깨지지 않는 절정이라고

느껴도 될까요 섬으로 가던 바람이 창문을 두드리네요 백만 번째 액
자 속에는 늙지 않은 손들이 내가 잃은 시간을 쥐고 있어요 바람의
눈동자가 빨려 들어가지 않게 나는 커튼을 굳게 닫아야겠어요

　　＊ 창문 window는 고대 스칸디나비아의 말인 wind-eye에서 유래되었
　　　다고 한다.

등을 만지다

이를테면, 등은 내가 한 번도 가보지 못한 장소 온전한 모습을 나는 알 수 없다 거울에 비친 볼록한 어깻죽지와 반쪽짜리 얼굴 왜 눈동자와 마주쳐야 겨우 뒤를 엿볼 수 있는 걸까

등뼈를 덮고 있는 거죽의 감촉은 시선의 욕망이다 등은 생각한다 누가 날 만져줬으면, 말 좀 걸어주었으면…… 뒷모습은 그 사람이 내게 가장 하고 싶은 말 그래서 못다한 말 떠나는 애인과 출근하는 아버지의 목덜미, 때를 밀어줄 때 찬찬히 훔쳐본 어머니의 등허리

등을 만진다는 것은 누군가가 세상에 새겨놓은 글자를 읽는 것 구름의 머리카락을 만지고 있는 하늘, 나뭇잎의 계절을 쥐고 있는 바람, 푸른빛이 주무르는 바다, 히말라야의 산등성이를 쓰다듬는 눈보라, 등燈의 등을 감싸는 불빛, 슬픔의 어깨에 기댄 고독, 사막의 숨 속으로 걸어가는 낙타의 발자국으로부터

아이를 업은 어미까지

등을 휘감아오는 병病의 기척, 나는 당신의 얼굴이 그립다

두더지 게임

몽골 초원에서 성난 말보다 조심해야 할 것은 곳곳마다 뚫려 있는 구멍이란다 그곳에서 타르박*이 튀어나오기라도 하면 뛰어난 기수도 길들여진 말도 소용없단다

12층 난간에서 뛰어내린 남자는 유서 한 장 남기지 않았다 화단에는 습관적으로 자라난 호기심에 뭉개진 채송화, 피었던 자리만 있다 마침내 소문의 매듭을 TV가 풀어주는가 성미 급한 누군가 재빨리 누른 버튼, 누가 먼저 고통 가까이 갔다가 돌아오는가를 겨루는 사각형 위의 게임이 한창이다 반 박자 늦게 버튼을 누르면 방금 태어난 아이를 안고 있는 노인의 얼굴이 오버랩된다 혹은 점점 아이가 되어가는 노인이거나

굴 안에 있던 타르박은 발자국이 다가오면 밖으로 얼굴을 내민다 무엇일까, 생각하면서 죽음을 맞는다 녀석에게는 죽음조차 호기심일 뿐 남자는 장례식에 누가 올지 궁금하다 영정 속에서 어리둥절해하는 사내

이제 누가 고개를 내밀 것인가

* 타르박 : 몽골 초원에 사는 설치류의 일종.

존재의 한순간을 잊지 못하게 하는 시

마을에는 구멍가게만 있었다. 나는 버스를 타기로 작정했다. 언젠가 엄마와 시내에 나갔을 때 미리 점찍어둔 곳이었다.

그곳에 가기 위해 나는 몇 번째 정류장에서 벨을 눌러야 할지 기억을 더듬었다. 몇 달치의 용돈을 주머니에 품고 마을을 벗어나는 일. 처음으로 혼자 떠나는 여행이었다.

문방구의 문을 열고 들어서자마자 나는 한쪽 구석으로 향했다. 한참을 쪼그리고 앉아 바비인형의 옷들을 만지작거렸다. 여행의 목적은 가장 예쁜 인형옷을 사는 것이었기에 대충 고를 수는 없는 일이었다. 여행지에선 무슨 일이 일어날지 모르듯 그렇게 한참을 궁리했다는 이유로, 나는 나만 모르는 도둑이 되어 있었다. 오래 들여다본다는 것이 도둑의 조건이 될 수 있다는 것을 그때 깨달았다.

그날 이후로 나는 때와 장소를 가리지 않고 무언가를 훔치고 있었는지도 모르겠다. 딱히 무엇을 훔친 줄도 모른 채 구석에 웅크리고 있는 것들을 골라 내 수첩 속으로 옮겨왔던 것 같다.

나에게 시를 쓰는 일은 그랬다. 문방구 주인아저씨 같은 시에서 도망치고 싶었고, 정말 그럴 수 있을까 궁금하기도 했다. 하지만 내 천성의 덜미는 늘 시에 붙들렸다.

이제부터 나의 시들은 누구 말대로 놀라운 관념의 현혹이 아닌 존재의 한순간을 잊을 수 없게 만드는 것이었으면 좋겠다.

심사위원 선생님, 고맙습니다. 부끄럽지 않은 시인이 되겠습니다. 원광대 문창과의 교수님들, 박성우 선생님과 전동진 선생님께도 감사한 마음을 전합니다. 강연호 교수님, 좋은 글로 보답하겠습니다.

어머님, 건강하세요. 동생 윤정아 수복아, 고마워. 내 시의 첫 번째 독자인 엄마 아빠, 사랑합니다. 나의 다른 이름인 정배 씨 그리고 다솜, 물푸레나무 그늘 아래 함께할 수 있다는 것만으로도 이 계절이 따뜻해져 옵니다.

불안한 청춘의 고통과 고뇌 긍정적으로 승화

700여 명의 투고자 중 최종심까지 올라온 투고자는 모두 11명. 이 중에서 강윤미, 이명우, 장예은, 최영숙, 정한희 등 5명의 작품을 최종적으로 논의한 결과, 강윤미의 「골목의 각질」과 이명우의 「붉은 도로」가 남게 되었다. 이명우의 경우는 언어를 다루는 솜씨는 뛰어나나 내용이 결핍돼 있다는 점, 삶의 체험을 시로 전환시키는 능력이 부족하고 설명적인 데다 과장이 심하다는 점이 단점으로 지적되었다. 시는 아이디어로 쓰는 게 아니라 삶에 대한 열정으로 쓰는 것이라는 점, 아이디어에 의존하면 실패할 확률은 적지만 그런 시인은 오래가지 못한다는 점이 이명우의 경우에 해당된다고 생각되었다.

반면 당선작으로 결정된 강윤미의 「골목의 각질」은 삶에서 우러나온 시가 진정 좋은 시라는 점을 재확인시켜 주었다. 이 시는 불안한 청춘에 대한 고통과 고뇌를 골목이라는 구체적 삶의 공간을 통해 긍정적으로 승화시킨 작품이다. 특히 "전단지가 골목의 각질로 붙어 있다 붙어 있던/자리에 붙어 있다 어쩌면/골목의 뒤꿈치 같은 이들이/균형을 잡으려고 안간힘을 쓰다가/굳어버린 희망의 자국일 것이다"라는 부분은 호소력이 뛰어나다. 시는 상식적인 데서 발생하는 게 아니라 자기만의 삶의 체험에서 피어오르는 불꽃이라는 것을 이미 깨닫고 있다는 점에서 강윤미의 앞날에 신뢰가 갔다. 다만 투고된 다른 작품에서도 그러했는데 시에 사족으로 여겨지는 부분이 더러 있어 아쉬웠다. 시에 사족이 있으면 완결미가 떨어진다. 시는 하고 싶은 이야기를 다 하는 게 아니라는 점, 침묵의 깊이가 더 중요하다는 점을 깨달아 한국시단의 샛별이 되기를 바라는 마음 크다.

심사위원 : 황동규 · 정호승

권지현

1968년 경북 봉화에서 태어나고
서울에서 성장함
국민대학교 국문학과 및 동대학원 졸업
2006년 농민신문 신춘문예 당선
2009년 문학박사 학위 받음
현재 국민대 강사
2010년 세계일보 신춘문예 시 당선

ykjh0110@empal.com

■세계일보/시
모른다고 하였다

□세계일보 당선작

모른다고 하였다

우루무치행 비행기가 연착되었다
북경 공항 로비에서 삼백삼십 명의 여행자들은
여섯 시간째 발이 묶인 채 삼삼오오 몰려다녔다
현지 여행객들은 아무렇지도 않은 듯
여행가방에 다리를 올리고 앉아
떠들어대거나 서로 담배를 권했다
담배를 피워올리건 말건
나는 도시락으로 식사를 했다

비행기는 언제 올지 오지 않을지
아무도 모른다고 하였다
연착한다는 안내표시등 한 줄 뜨지 않았다
사람들은 연신 줄담배를 피우고
나는 로비를 몇 바퀴나 돌고
하릴없이 아이스크림을 핥다가
마침내는 쪼그리고 앉아 지루하게 졸았다
항의하는 나를 마주한 공항 여직원
가슴께에 걸린 얼굴 사진이 흐릿하게 지워져 있어
내가 가야 할 길마저 희미해 보였다

비행기는 오지 않고
결리는 허리뼈를 아주 잊을 때까지 오지 않고
우루무치행 비행기는 언제 올지,
아무도 모른다고 하였다

작은 발

지하철 통로 쪽에서
할머니 음성이 들려왔다
애기엄마, 저기 자리 났으니 가서 앉아요
목례하고 빈자리로 걸어가 앉고 보니
그 생소한 애기엄마! 소리가 귀에 울려
가만, 만삭의 배 위에 손을 올린다

꽃 모빌을 올려다보며 누워만 지내다
아기는 어느 날 훌쩍, 몸 뒤집는다
겨우겨우 몸을 흔들며 발뒤꿈치
바닥에 내려서기까지는 또 한참 걸린다

시누이가 택배로 보내온 보행기
긴가민가 무심히 앉혀본다
세상에 나와 혼자 서 보는 첫 보행에
펄쩍 놀라 팔다리 팔랑댄다
두 발은 흠집 하나 없는 복숭앗빛이다

우주선 타고 달나라에 도착한 첫걸음보다 큰 경이다
이 행성에 와 내딛는 최초의 몇 걸음
위험한 소행성처럼 모기장이며 베개며
이부자리에 부딪힌다

흔들리는 모빌을 잡으려고 나아가는 작은 발

가만, 나는 무중력의 걸음이 빠져나간 배를 만져본다

지도박물관

지도박물관 중앙 홀에서
세 살배기 딸애가 쉬를 싸고 운다
떼쓰는 아이를 안아올려 화장실에 다녀온다
외할머니가 바닥을 말끔히 닦아내는 중이다
어지간히 닦으세요
홀의 사람들은 신경 쓰지 않고 지도를 본다

지도 시뮬레이션을 다섯 살 아이에게 빼앗기고
휙휙 눈을 스치던 지구,
지구에 박힌 도시, 그 불빛 속에 그어진
그물 같은 길을 한정없이 따라 걸으려던 딸애는
미련이 남았는지 내 손을 잡아당긴다

연중무휴로 개방되는 지도박물관, 고산자 동상 쪽으로
흙담집 실금을 뚫고 나온 풀포기 자라듯
소나무에 덩굴을 치다 내려온 칡꽃이 기어간다,
오만분의 일 축척지도 밖으로 내달리는
떼쓰는 세 살배기 울음이 맨 처음 나선 길은
말랑말랑한 탄성, 이내 되돌아온다

길이 되려다 지도가 된 고산자 발치에서
자줏빛 칡꽃은 한창 길을 내고 있다

질긴 제 몸을 말아쥐는 덩굴손 사이로
달음질치는 아이의 신발끈을 고쳐 매어 준다

길 위에 선 사람들이 흩어진다

느티나무 따라왔네

우리는 주말부부다
두 주 만에 올라온 남편과 장보러 간다
길가에 씨앗 내놓은 종묘상 앞에 앉아
적상추 청상추 쑥갓 달랑무 얼갈이배추,
예닐곱 종도 넘게 주워 담는다
그 많은 걸 다 심을 셈이야?

딸애 맡아 기르는 장모님 드리겠다고
시골 텃밭에서 틈틈이 키운 풋것들을
남편은 몇 아름이나 싣고 와 풀어놓는다
적상추 청상추 쑥갓 달랑무 얼갈이배추,
친정엄마와 돌 지난 딸애까지 둘러앉아
채소장사해도 되겠다며 다듬고 앉았는데
아기가 척 집어올린 풀포기 하나
어, 느티나무가 다 딸려왔네
풋것들 속에 숨어들어 몰래 뿌리내렸을
아주 작고 여린 느티나무를 화분에 심는다

무성한 가지 밑에 평상 짜고 앉아
저녁거리 채소 다듬는 어깨에
초록그늘 일렁이는
느티나무 아래를 꿈꾼 적 있다

우주를 쪼개다

노랗게 여문 늙은 호박이
거실 한켠에 놓여 있는
신혼의 밤은 짧다

소한 대한 추위 다 보낸 저녁,
호박죽을 쑤려고 굳은 껍질에
식칼을 푹 찔러 넣는다
탱탱하고 부드러운 속살이
노릇노릇 익어 있겠지?
바닥 쪽까지 좌악 쪼갠다

흙빛으로 썩은 안쪽
씨앗들은 저마다 새순을 틔우고 있다
반투명의 벌레가
호박씨 새순을 흔들며 귀퉁이에서 기어나온다
제 몸 착실히 썩혀
거름 내고 벌레 키워
자가동력장치를 운행 중이었을까?
얼떨결에 신랑과 나는
불시착한 우주를 쪼개고 말았으니,

신혼의 밤도 황홀히 쪼개진다

나이테 탁자

초록칠대문을 밀치니 머리채 늘어뜨린
붉은 줄장미가 마당을 내려다본다

상형문 액자가 걸린 거실벽 아래엔
나이테 둘둘 감은 앉은뱅이 탁자가
무거운 몸을 비스듬히 누이고 있다
나무 밑둥 나이테는 깊었다
보랏빛 물양초를 가슴께 띄워놓고
소곤소곤 낮익은 소리를 흔들며 새기고 있다
두 팔을 나이테 돌아나간 회오리 위에 올리고
야생잎차를 마셔도 졸음은 밀려왔다

삐걱, 소리를 비집고 그는 돌아왔다
몇백 년을 조용조용 걸어 건너온 걸까?
일어나 앉으려 했지만 눈은 떠지지 않는다
이불을 덮어주고 그는 문을 닫는다
내처 잠들려 했을 때 시간은
멀찍, 비껴선다

손끝으로 훑던 오톨도톨 나이테를 긁는다
나무 귀를 당겨본다
나이테 안으로 까마득한 밤을 들여다본다

머리올처럼 가느다란 라디오 볼륨을 따라
방바닥을 미끄러지며 튀는 귀뚜라미 귀뚜라미,

훤해진 창을 새소리 두들겨대고
마르지 않는 수액 흐르던 길을 기억하는지
탁자에 엎드린 이마에 닿은 나이테,
서늘한 입맞춤이 몸속 구불구불 길을 뻗었다

문학의 길 가르쳐주신 스승께 큰절

하이데거는 시의 본질을 구명하는 자리에서 "시는 존재의 개명開明" 이라고 말했습니다. 완성된 시작품 자체의 내용뿐만 아니라 시를 이루어가는 과정이 '존재를 개명해 가는 행위' 라고 할 수 있겠지요.

삶을 이루는 여러 요소 중에서 시 쓰기는 제 생의 마지막까지 지속될 것이라는 생각이 듭니다. 살아 있다는 것 자체가 벌써 자기 자신을 표현하는 일이라 여겨집니다. 이제는 구체적인 주물을 부어주고 숨결을 들여앉혀 생동감 넘치는 세계들을 하나씩 세상 속으로 내보내고자 합니다. 그 세계 속으로 초대된 사물과 사람들이 저마다 다른 표정, 다른 마음결로 싱그러워지기까지 저는 나폴대며 떠가는 민들레 씨앗에 가볍게 얹혀 날아오르다가도 시원한 장대비 따라 두 발 철벅이며 흘러내릴 것입니다. 그리곤 어디쯤에선가 튼실한 시의 뿌리를 내리고 싶습니다.

사람은 단지 절반만 그 자신이며 나머지 절반은 그의 표현이라고 에머슨은 『시인』에서 이른 바 있습니다. 작품을 쓰기 전에 창조적인 삶을 살아야 하며 작품 속에서 다시금 새롭게 자신의 생을 구체화해야 함을 이른 말이라 생각됩니다.

문학의 길을 가르쳐주신 스승 신대철 선생님께 큰절 올립니다. 사랑하는 아버지와 어머니, 그리고 남편 박성우 시인과 딸내미 규연 양, 언니와 동생 가족들, 시어머니와 시댁 식구들, 국민대 학우들과도 기쁨을 함께 나누고 싶습니다. 정양 김용택 안도현 선생님을 비롯한 전주쪽 응원부대 여러분, 참 고맙습니다.

저에게 큰 기회를 주신 유종호 신경림 심사위원님과 세계일보사에 감사드립니다. 더 넓은 문학세계로 나아가라는 뜻에 답하도록 노력하겠습니다.

담담하고 소박하면서 서정성·균형감 가져

좋은 작품이 여러 편 눈에 띄었다. 권지현의 「모른다고 하였다」는 담담하고 소박한 태도가 마음에 들었다. 담담하고 소박하다고 해서 만만하게 보면 안 된다. "……공항 여직원/ 가슴께에 걸린 얼굴 사진이 흐릿하게 지워져 있어/ 내가 가야 할 길마저 희미해 보였다"처럼 평이한 일상 속에서 삶의 결을 찾아내는 눈은 결코 예사로운 것일 수 없기 때문이다. 이 시는 시를 가지고 무슨 엄청난 것을 해보겠다는 허영심이 억지와 무리로 이어지면서 읽기 어려운 시가 범람하는 우리 시단을 향하여 던지는 새로운 질문일 수도 있을 것이다. 낡지 않은 서정성과 균형감을 가지고 있는 것도 이 시의 미덕이라 할 수 있다. 지나치게 평범하다는 비판이 따를 수도 있겠지만, 주말부부의 쓸쓸한 삶의 단면을 그린 「냉동실」이며 박물관을 통하여 과거와 오늘을 대비시킨 「플래시」도 이 작자의 저력이 탄탄함을 말해준다.

고민교의 「어느 결혼이민자를 향한 노래」는 아주 재미있고 따뜻하면서, 시의에 맞는 주제이기도 하다. 쉽게 융합할 수 없는 둘 사이를 가래추자에 비유한 것도 적절하고, 간절한 마지막 구절도 강한 울림을 준다. 이 시를 읽으면서 시는 역시 시의 특성을 버릴 수 없으며, 시가 산문의 상태를 그리워하는 데는 한계가 있을 수밖에 없다는 생각을 새삼스럽게 하게 된다.

신은유의 시 가운데서는 「고딕식 첨탑」이 가장 좋았다. 좀더 난삽한 「바닥만 보면서 걷는 것은 내 오랜 습관이다」도 마찬가지이지만, 깊은 사유와 고뇌의 흔적이 아로새겨져 있어서, 읽으면서 무엇인가 생각하게 만드는 시다. 하지만 너무 말이 많고 어지럽다. 말을 고르고 빼는 보다 엄격한 과정을 거친다면 참으로 좋은 시를 쓸 사람으로 생각된다.

  이상 세 사람의 시를 놓고 토의한 끝에 선자들은 권지현의 「모른다고 하였다」를 당선작으로 뽑았다.

심사위원 : 유종호 · 신경림

김성태

1986년 대전 출생
성균관대학교 재학 중
2010년 한국일보 신춘문예 시 당선

flyideas@hanmail.net

■한국일보/시
검은 구두

검은 구두

그에게는 계급이 없습니다
그는 세상에서 가장 좁은 동굴이며
구름의 속도로 먼 길을 걸어온 수행자입니다
궤도를 이탈한 적 없는 그가 걷는 길은
가파른 계단이거나 어긋난 교차로입니다
지리멸렬한 지하철에서부터 먼 풍경을 지나
검은 양복 즐비한 장례식장까지
그는 나를 짐승처럼 끌고 왔습니다
오늘 나는 기울기가 삐딱한 그를 데리고
수선가게에 갔다가 그의 습성을 알았습니다
그는 상처의 흔적을 숨기기 좋아하고
내가 그의 몸을 닳게 해도 불평하지 않습니다
나는 그와 정면으로 마주한 적은 없지만
가끔 그는 코를 치켜들기 좋아합니다
하마의 입으로 습기 찬 발을 물고 있던 그가
문상을 하러 와서야 나를 풀어줍니다
걸어온 길을 돌아보는 마음으로 그를 만져보니
새의 날개 안쪽처럼 바닥이 움푹 파였습니다
두 발의 무게만큼 포물선이 깊어졌습니다
그의 입에 잎사귀를 담을 만큼

소주 넉 잔에 몸이 가벼워진 시간
대열에서 이탈한 코끼리처럼
이곳까지 몰려온 그들이 서로 코를 어루만지며
막역 없이 어깨를 부둥켜안고 있습니다
취한 그들이 영정사진처럼 계급이 없어 보입니다
그가 그에게 정중한 인사도 없이
주인이 바뀐지도 모르고
구불구불 길을 내며 집으로 갑니다

문득 멈춰 서서 오 분

양복들이 그러데이션으로 걸어간다
그림자가 상처 없이 유리창을 통과한다

좌표 없는 풍경
낙하하는 저녁
날개 닳은 새에게서 붉은 석류향이 나네

수의 같은 목련잎 닳아 떨어진다
나선형의 철제계단 아래서
목이 잘린 증명사진 꺼내 보던 날

돼지머리들처럼 꿀꿀
금니 속에 비치는 얼굴들
모두들 코는 같지만 소리는 다를 거야

온몸을 전선줄로 친친 감은 전봇대
발밑에는 몇 볼트의 임파선이 퍼져 있을까
플랫폼의 빈 의자가 엉덩이를 기다린다

순환 열차의 종점은 내리는 역이지

왼손 검지와 오른손 검지로
굳은 부리를 차츰차츰 끌어올려 봐
보도블록 빈 곳
코트자락에 달라붙는 바람의 각질들
오늘처럼 내일로 굴러가는 머리들
사이
번져가는 달의 곡선을 기억해

거인 소설

1

내가 십분의 일로 작아졌을 때
먼지는 부피를 가졌고 모든 풍경은 투각이었다
옥탑방은 넓었고 너는 나를 지나쳤다
너의 뼈마디는 사다리처럼 놓여 있었고
검은 털은 잎사귀처럼 매달려 있었다
네 겨드랑이 틈에 둥지를 틀고 싶었다
너는 나를 어두운 무게로 쳐다보았다
내가 보는 것이 너의 전부는 아니었을까

2

내가 십분의 일로 작아졌을 때
조간신문 첫 페이지 행간에 살았다
나는 어제의 시간 속에 놓여 있었다
줄어든 만큼 허공의 빈 곳은 높아져 갔고
전족을 한 여자처럼 총총 걸었고
위층 여자에게 설탕을 빌리러 가는 길이
성경을 들고 교회에 가는 길이
신대륙을 찾는 항해와 같았다
미사포가 폭설처럼 몸을 덮었다

3

내가 십분의 일로 작아졌을 때
식빵 부스러기는 일용할 양식이었고
수프 한 방울에 몸이 흠뻑 젖었다
흰 티셔츠가 헐거워지자
개미의 그림자가 돌멩이만 하다는 걸 알았다
어쩌다 우리는 우리가 거인인지도 모르는가
내 몸의 구멍들이 작아졌을 때
염주와 묵주가 고래 눈알처럼 굴러다녔고
태양과 정물이 거대하게 나를 둘러쌌다

거꾸로 풍경 산책

이 소인국은 나를 기둥삼아 비껴가고
나는 너로부터 이방의 관찰식물이 되어간다.
도서관은 점자들의 숲이다. 나는 책을 읽을 수 없고
초식동물처럼 느릿느릿 페이지를 긁는다.

나는 유령이므로 새벽에 서술되고
사람이 없을 때 완전한 사람이 된다.
얼굴에 달라붙는 순진한 눈동자를
고구려처럼 광활하게 커지는 귓속말을
피할 수 없다. 나는 너와 다른 윤곽이므로.

따뜻한 해변과 해초의 피부를 이야기할 때
물고기는 물고기와 아가미를 깜빡인다.
목소리가 없다. 이 소인국에서는
손으로 말하는 것이 대화의 형식이다.
휠체어 바퀴가 싱싱하게 굴러가는 길이 길이다.

유리창 너머의 풍경 속을 걸을 때마다
알약처럼 박힌 보도블록 위로
굴러가는 시선이 나를 뼈만 남게 했다.

이발소의 액자처럼 배경일 뿐이라는 듯
나는 너로부터 외딴 섬이 되어간다.

천체 관측

구름이 쓸려가며 숲색으로 짙어진다.

내 목덜미를 만져줄 사람이 없다. 택배상자처럼 빈 집에 몸을 들여 놓는다.

오래된 벽이 호흡하며 공백을 채웠나. 벽지에 붙은 동일 유전자의 꽃잎들이 푸석푸석하다.

이파리가 후드득 떨어질 것 같아서

블라인드를 달빛의 입사각에 맞춰놓는다. 램프를 켠 것처럼 방이 환하게 부풀어 오른다.

기둥을 만들었다 흩어지는 고요. 욕실이 차가워서 나는 흐려지지 않는다.

파란 욕조를 바다라 부르면

그 안에서 나는 외딴 섬이 되는가. 망원경의 표적은 별을 향하지 않는다.

상형문자처럼 새겨진 이름 모를 이웃 하나 훔쳐서 방 안에 들여
놓는다.

여보세요, 이 휑뎅그렁한 구멍에 발자국을 찍어주시지 않겠습니
까.

빅뱅

점으로부터 지구는 팽창하므로 낭만적입니다. 씨앗처럼
점이 무럭무럭 자라는 건 사건입니다. 점으로부터
나이테는 돌아가고 나무는 근엄한 성벽이 됩니다.
빗방울처럼 우리는 떨어져 있다가 가까워지면서
사랑의 물로 고입니다. 기다림의 부피는
발자국 소리가 커지면서 부풀어 오릅니다.
점의 무서운 깊이가 아름다운 수묵화를 만듭니다.
붓끝에서 먹이 떨어지면 역사가 탄생하고
우리는 마침표를 무서워하는 습관이 필요합니다.
점으로부터 소문은 풍선처럼 커지고
비밀은 폭발합니다. 점의 근원이 달처럼 팽팽해지면
힘도 기우는 법입니다. 캔버스에 점 하나를 찍으면
바람은 탱탱해지고 그림 같은 세계의 문이 열립니다.
인드라의 그물 안에서 반짝이는 우리는 보석 같은 점이고
점은 점을 부르고 선으로 이어집니다.
자궁 속의 작은 씨앗에서 우리가 태어난 것처럼, 지금
한 점에서 꽃이 몽우리를 만들고 벌 떼가 몰려듭니다.

눈물의 마운드에 섰다
나는 아직 2군이다

홈런을 치지 못한 예비시인들이 흘림체로 경기장을 빠져나간다. 미안하다. 그 어느 날을 위해 그 어느 날은 패전투수처럼 연필을 쥘 수밖에 없는 것이다. 지금 나는 뜨끈뜨끈한 눈물의 마운드에 서 있다. 심사위원 선생님이 선발등판을 허락해주셨다. 관중석 한구석에서 나를 응원하는 그녀가 보인다. 그녀 이름은 김재숙, 어머니다. 보희 누나와 아버지 그리고 사랑하는 사람들의 함성 소리가 들린다. 모자를 벗는다. 고개를 숙여 감사드린다.

대형서점에서 시집은 다섯 평의 영토만 갖는다. 식민지적 삶이라고 해도, 나는 시를 떠나 살 수 없다. 내 피는 C(詩)형이고 종이는 피부이기에 서걱거리는 연필을 놓을 수가 없다. 노트를 넘길 때마다 밤바다 소리가 들린다. 검은 모래사장 흰 고래처럼 갸릉갸릉 심연에 쌓여 있는 언어를 불러본다. 단어 하나를 잃을까 봐 공포에 떨기를 여러 번, 처절하게 시를 썼고 홀로 외로워했다. 남루해지는 얼굴을 보고 슬펐다면 가난해지는 시를 보고는 분노했다. 이렇게 내가 시인이 되었다. 문학하는 당신이 나를 찾아줬으면 좋겠다.

나에게 시는 간절함이다. 짝사랑하는 마음은 문장을 슬프게 만들고, 대상을 그립게 만들고, 행동을 재촉하게 만든다. 타고난 무엇도 절박한 무엇을 이기지 못한다. 부끄럽게도 아직 나는 2군이다. 오늘도 헛스윙이다. 다시 주저앉아 조용히 시를 써야 한다. 진정 왜 시를 쓰는가. 초단위로 담뱃불이 명멸한다. 내 등은 내가 볼 수 없는 자리다. 시인으로서 내 뒷모습이 슬프지만 아름답게 그려졌으면 좋겠다.

일상의 관찰력·꿰맨 자국 없는 표현 미덕

심사자들은 응모작을 셋으로 나눠 예심을 본 후에 올린 20편의 작품을 가지고 한자리에 모여 당선작을 결정하기 위한 논의를 하였다. 마지막까지 남은 작품은 정움의 「실종」, 이정현의 「빗살무늬토기의 냄새」, 김성태(필명 김아타)의 「검은 구두」 등 3편이었다.

「실종」은 산악 등반을 소재로 하여 극한상황의 고통을 담담하게 성찰한 수작이다. "주인 없는 발자국도 신앙"인 고지대, "짐승의 몸을 가진 바람", "사방에서 채찍을 휘둘러오는 길" 등과 같은 자연의 원시적인 힘과 작고 나약한 육체에서 꺼낸 의지를 대비적으로 실감나게 드러냈다. 감정을 잘 통제하면서 종교적인 경지가 느껴질 정도로 강한 극기의 사유를 관념과 감각을 조화시켜 그린 점이 돋보였다.

「빗살무늬토기의 냄새」는 신석기 사내가 비와 흙과 하늘로 빗살무늬토기를 빚는 과정을 상상한 시다. 오랫동안 보아서 사내의 몸에 충분히 육화된 빗줄기를 흙에 넣는 과정이 재미있게 그려져 있다. 빗살무늬 속에 내재된 기억의 원형을 현대인인 화자의 시점에서 읽어내고 신석기와 현대의 시공간을 빗줄기와 흙 속의 냄새로 결합시키는 상상력이 특히 볼 만하였다.

「검은 구두」는 쉽고 평이해 보이지만 구두를 통해 삶을 관통하는 시적 인식을 보여주는 방법은 결코 평이하지 않다. 평범한 사물을 통해 일상의 새로움을 발견해내는 관찰력은 경이롭기까지 하다. 꿰맨 자국이 잘 보이지 않는 자연스러운 표현과 그것에 잘 어울리는 유머러스한 어조도 이 시의 미덕인데, 그것은 삶의 다양한 경험들이 오랫동안 육화되었다가 저절로 흘러나온 것이기 때문이다.

세 작품 모두 당선작으로 손색이 없을 만큼 뛰어났으나, 아쉽게도 두 작품을 손에서 내려놓을 수밖에 없었다. 「실종」은 시를 인위적으로 만들려는 의도가 보여 전체적으로 부자유스럽다는 지적을 받았으며, 「빗살무늬토기의 냄새」는 같이 논의된 다른 작품들에 비해 상대적으로 밋밋하다는 점이 단점으로 지적되었다. 그에 반해 「검은 구두」는 삶에 단단하게 밀착되어 있으면서도 군더더기 없이 자연스럽고, 작은 것 속에서 의외성을 발견하는 발상도 참신하여, 만장일치로 당선작으로 결정하였다. 당선을 축하하며, 우리 시단에 새로운 활력을 불어넣어 주길 기대한다. 끝까지 논의되지는 못했지만, 「매머드 뼈」(김영각)와 「프로필」(기리나)도 매력적인 개성을 지닌 가작이었음을 밝힌다. 용기를 잃지 말고 더욱 분발하기 바란다.

심사위원 : 김광규 · 이시영 · 김기택

박성현

1970년 서울 출생
건국대 국어국문학과 졸업
건국대 대학원 박사과정 졸업(문학박사)
2009년 중앙일보 중앙신인문학상 시 당선
건국대, 서울교대 강사
서울교총 근무

rainmars@naver.com

■중앙일보/시
폭염 / 한낮

폭염

아버지가 대청에 앉자 폭염이 쏟아졌다.
족제비가 우는 소리였다. 아버지는 맑은 바람에
숲이 흔들리면서 서걱서걱 비벼대는 소리라 말했다.
부엌에서 어머니와 멸치칼국수가 함께 풀어졌다.
땀을 말리며 점심을 먹는다.
아버지의 눈을 훔쳐본다.
여자의 눈을 쳐다보면 눈이 뽑힌다는
아랍의 무서운 풍습을 말한다. 석류가 터질 때
아버지는 다시 아랍으로 갔다. 그리고 어머니는
빗장을 단단히 채우고 방을 나오지 않았다.
세밑까지 어머니는 화석이 되어 있을 것이다.
기다리면 착해진다고 말했다. 하지만 아무도 믿지 않는다.
내게는 마음이 없고, 문도 없었던 겨울이었다.

한낮

버스가 서울역사박물관 앞에 멈췄다. 된장국 냄새가 솔깃하다. 골목을 돌고, 다시 골목 끝으로 가면, 저편에 집 한 채 기우뚱 있다. 연산홍이 피고, 떨어졌다가 다시 피는 5월에도 그 집은 비스듬히 서 있다.

녹슨 파란색 철제 대문을 지나면 텃밭 같은 마당에 큰 개 한 마리 햇볕을 쬐고 있다. 몇몇 노승이 한 세월 돌아가면서 입고 다녔던 장삼처럼 곱게 펴져 있다. 시멘트 담 가까이 돋아난 풀잎이 흔들린다. 허기진 마음이 풀잎을 따라 바닥으로 잠긴다. 풍경 소리가 난 듯했으나 바람이 항아리를 울리고 간 소리다. 항아리에는 된장이 익어간다. 대청마루에 모시적삼을 입은 노부부가 나란히 세모잠을 잔다. 수백 년 전의 기억은 모조리 잊히지만 한낮에는 늘 되살아났다.

우체부 김씨가 등기소포를 가지고 초인종을 누른다.

봉화 가는 길

1

빈 항아리에 바람이 스친 것처럼 그 표정이 밝았다
둥근 벽을 퉁기며 진동하는 바람은 그 근원을 모른다
또한 끝을 알 수 없으니 헛꽃에 불과할 뿐이다
동치미를 한 입에 마신 탓에 이가 시렸다
박씨는 나무못을 깎으면서 날카로운 쪽을 창으로 겨누었다
창밖의 겨울 속에 두 개의 달이 떠 있다
언 흙 위에 서리가 내려 박히는
그리하여 속으로만 불이 번져 뜨겁게 타들어가는 겨울
각각의 달빛은 두 개의 그림자에서 다시 솟아올랐다
박씨는 가물어가는 목에 탁주 한 사발을 퍼붓고
나무못을 거두어 품에 넣는다
빈 항아리에 다시 바람이 찼다

2

소한이 지나고 큰눈이 내렸다
사위는 백색으로 들끓고 있었다
날이 저물자 아랫동네 정 영감이 불쑥 문을 열었다

겨울에 죽은 자들은 이 산을 넘지 못한다
비린 청어구이와 탁주를 나눠 먹는 동안 박씨는 정 영감을 어림잡
았다
부처님이 계시는 절이나, 사람을 뉘는 관이나 찬바람 막기는 마찬
가지네
박씨는 모든 집이 관이고, 또 모든 관이 집이라고 말한다

오동나무 결을 고른다
톱이 닿는 자리마다 오동나무는 살을 선뜻 내 준다
허연 톱밥이 발등에 쏟아진다
폭이 넓어 완만하게 쓰러진 것은 아래에 단단히 두고
경사가 급한 것은 결을 따라 세운다
오동나무에 쇠를 박아서는 안 되네
죽은 기운이 산 기운을 파고들 때 나무 등골에 붙은 숨은 멎는 것
이네
정 영감은 탁주 몇 사발에 취한 듯 몸을 불끈거렸다
박씨는 혀를 끌끌 찼다. 암만 숨이 거둬진 몸이라도
마음이 남아 있는 한 사람이네. 정 영감은 누울 자리를 보다가
문득 붉은 이를 보이며 환히 웃기 시작했다

3

오동나무는 단단하게 아물었다
오를 때마다 어깨가 이울었지만, 산을 넘어야 자리가 있다
무순이 가지런히 솟아 있는 밭이랑에 날벌레가 분주했다
산 그림자는 길게 늘어졌지만, 길은 더디게 났다
얼큰 취기가 오른 사람들이 서둘러 발을 디뎠다
마음이 먼저 산을 넘었으므로

비탈길은 어지러웠다
사람들은 가쁜 숨을 쉬었다
산은 사람들의 이마 위로 높은 바람을 흘려보냈다
오늘 안으로는 길을 낼 수 있을까
이가 닳은 괭이를 만지듯 천천히 오동나무 이음매를 살폈다
늦은 봄이 얇고 긴 숨을 내쉬었다
상여를 멘 사람들이 발을 옮기다 말고 산등성에서 멈췄다

갑자기 청어구이가 먹고 싶었으나 그 이유를 도무지 알 수 없었다

치명적 오후, 도플갱어

지하철이 멈추고 물이 흔들렸다. 사건의 전개는
그것이 전부였다. 그러나 시속 20km로 달리는
사물이 정지했을 때는 반드시 배후가 있다. 인과를
말하는 것인가, 그렇게 생각해도 좋다. 사건의

배후에서 12시를 알리는 알람이 울린다. 라디오는 분주히
희망곡을 준비한다. 이어폰을 끼고 있는 학생과 벨트를 파는
상인이 대각선으로 마주보고 있다. 태양은 사선으로
걸쳐 있다. 당신은 겉옷을 벗어놓고, 클라이언트가 말한 것을
정리한다. 당신의 손가락은 지느러미처럼 파닥거린다.
빠르게 **틱 탁탁 텍 톡*****틱 탁탁**, 가끔 하품을 하며
마우스로 █를 누른다. 지하철 오른쪽에 떠 있던 갈매기가
수직으로 낙하한다. 상인은 샘플을 들고 학생 앞을 지나간다.
누구도 벨트에 시선을 두지 않는다. 여기서 사건이 급정거한다.

관성에 따라, 지하철의 사물은 왼쪽으로 쏠린다. 상인은
벨트를 움켜쥔 채 넘어진다. 2초 간격으로 학생이
이어폰을 뺀다. 간격 조정으로 급정거했습니다, 안전한 차 내에서
잠시 기다리십시오, 스피커는 말한다. 스피커 밑에서 당신은
노트북을 떨어뜨린다. 부레에 사이렌이 가득 찬다.

사건은 다시 30분 전으로 돌아간다. 당신은 클라이언트를
만나고 압구정역에서 지하철 패스를 사고 있다. 지하철 역사에는
가로 1m 세로 70cm 정도의 수족관이 있다. **수족관이
일렬로 늘어서서 움직인다.**
회전목마처럼 당신의 눈은 상하의 일정한 리듬을 탄다.
자판기 커피를 마시면서 수족관 내부의 물고기를 본다.
수족관 너머 H백화점 여름 시즌 광고물이 흔들린다.
갈매기가 수직으로, 혹은 대각선으로 꺾인다. 당신의 머릿속은
클라이언트가 쏟아낸 텍스트로 가득하다. 텍스트의 기포가 터질
때
20km로 전진하는 수족관이 한강 철교 위에서 급정거한다.
수족관이 수족관에 부딪힌다. 당신의 보고서는 커피로 얼룩진다.
결재판에 박힌 클립과 압핀이 사방으로 흩어진다.
관성에 따라 수족관의 물이 다시 오른쪽으로 몰렸다.
당신은 보고서를 반으로, 또 그 반으로 찢는다. 당신은 왼손으로
의자를 집고, 오른손으로 수화기를 들어 전화기를 후려친다.
짧은 정지음이 울린다. 사건은 모스 부호처럼

끊어진다. 비탈은 비탈로 이어지며, 비탈에서 멈춘다.

그 가속은 당신의 심장박동수와 비례한다. 손톱만 한
물고기 떼가 수족관을 역류한다. 입을 틀어막는 물고기 속에서
당신은 바람과 온도를 잃어버리고 만다. 상인은 놀라고,
당신을 피해 다른 수족관으로 간다.

아주 잠시 수족관이 흔들렸을 때
당신은 무슨 상상을 하고 있었는가.

    ＊ 장정일의 시, 「틱 탁탁 텍 톡」.

게임

당신이 구둣발로 점을 찍을 곳은 이 페이지 마지막 문장, 그러니까 문장들의 맨 아래, 오른쪽 끝이다. 보통 문장은 왼쪽 맨 위에서 시작하지만, 당신은 5분 후, 문장이 모두 끝나는 곳에서 시작해야 한다. 당신은 아직 쓰이지 않은 문장에서, 내게로 와야 한다.

허공에 세운 계란이 아닌가, 당신은 고개를 기울이면서 내게 묻지만, 그것은 아니다. 단지, 당신은 4분 12초 후에, 이 문장들이 끝나는 그곳에서 출발하면 된다. 내가 쓴 문장의 처음—**당신이 구둣발로 점을 찍을 곳은**—으로 오면 되는 것이다. 냉장고 사용 설명서를 낭독하듯, 나는 당신에게 이 게임의 규칙을 모두 말한다. (당신은 체서 고양이의 표정을 짓는다) 자, 그럼…… 준비되었다면.

당신은 첫 문장이자 마지막 문장을 쓴다; **Nowhere Man,*** 들리나요? 그 전의 문장은 아직 쓰이지 않았다. 공허하게, 당신은 이 시에서는 존재하는, 그러나 아직 없는 문장을 (1분 28초) 상상한다. **시간은 언제나 두 개의 극 속에서 충돌하기 때문이다. 충돌 속에서,**

내가 쓰는 문장과 당신의 걸음이 급격했으므로, 시간은 가속된다. 1분 남짓 남았다. 당신은 초조하다. 문장이 어떻게 충돌할지 모르기 때문이다. 지루한 눈싸움. 당신은 다시, 문장들의 마지막 구두점으로 간다. 어찌되었건 내가 쓰는 문장보다 50초 빠르다. 미래, 의 시간 속에서 당신은 이 게임의 종착지를 묻는다. 26초 동안 나는, **당신과 나는 문장과 문장의 극 속에서 소멸할 것이다**,고 쓴다. 24초 후, 나는 당신이 쓴 두 번째 문장이자 내 문장의 바리케이드 앞에 선다, 비로소.

＊ 비틀즈의 노래 제목.

밀항, 목소리의 외부*

당신은 밀항선에 **타고 있다;** 나는 그 이유를 알지 못하며, 알 수도 없다. 단지, 당신은 밀항선에 타고 있을 뿐이다. 당신이 그 상황을 거부한다고 해도 이 텍스트 내부에서는 불가항력이다. 나는 당신의 어쩔 수 없음을 잘 알고 있다. 나는 이 텍스트의 첫 문장 '타고 있다'를 '숨어 있다'로 고친다.

당신은 밀항선에 **숨어 있다;** 숨어 있다는 서술어는 얼마나 많은 주어를 거느리는가. 그럼으로써 당신은 추방자, 밀수꾼, 혹은 반국가 단체의 수뇌부가 된다. 당신이 싫다고 해도 어쩔 수 없다.

밀항선의 선장은 당신의 밀항을 도왔고, 그 대가로 많은 돈을 받았지만, 당신을 모른다(선장이 그 이유를 알아서는 안 된다). 선장이 당신을 모른다고 말할 때, 당신은 밀항선에서도 외부가 된다. 해와 달을 볼 수 있는가. 그럴 수 없다. 당신은 시간의 외부다. 당신을 증명할 수 있는가. 모든 질문은 우문愚問이다. 이제 죽음도 불확실하다. 죽음은 하나의 출생증명서, 확인되지 않는 죽음에 과거는 없다. 밀항선은 끊임없이 경로를 탐색하면서, 존재했던, 혹은 존재하지 않은 당신을 흔든다.

지금 당신은 출생과 죽음에 이르기까지 모든 것의 외부다.

          *

    다시, 텍스트는 이어진다; 길고 지루한 땀이 흐른다. 폐의 공기가 느슨해지면서, 밀항선의 온도는 예민해진다. 최소한의 물과 빵에도 곰팡이는 쉽게 뿌리를 내린다. 당신은 서 있거나 누워 있다. 누워 있거나 서 있어도 비좁은 원통형의 공간에서는 똑같다. 오줌과 똥이, 처음 며칠 간 당신을 비틀었던 멀미에 얹혀 있다. 섞여 있다, 왜냐하면 바다는 결코 마르지 않기 때문이다. 당신은 이 상황이 두렵고 짜증스럽다. 당신은 선장에게 말을 한다, 나는 원하지 않았다, 누군가 강제로 나를 이곳에 가뒀다. 선장은 듣지 못한다, 목소리가 분절되지 않기 때문이다. 선장은 당신을 국가에서 추방된, 반국가 단체의 수뇌부, 마약을 밀매한 범죄자로만 알고 있다. 선장은 전형적인 텍스트의 내부고, 법칙이다.

    나는 이 텍스트를 서울의, 어느 지하철 역사에서 쓰고 있다. 당신이 이 밀항선 밖으로 나가겠다면, 이 텍스트를 찢어라. 당신의 주민등록번호는 말소될 것이며, ID, 여권번호도 그렇게 될 것이다. 당신에게, 나는 국가, 종교와 죽음의 미덕까지 지울 수 있다. 기억하는가, 밀항선에서 당신은 말하고 있었으나, 당신의 목소리가 분절되지 않는다고 나는 썼다. 당신의 입은 없다, 눈으로 보는 것과 귀로 듣는 것, 코에 스며드는 냄새 또한 없다.

 그리고 나는 밀항선을 블라디보스토크에 정박시킬 것이다. 대설 전의 새벽이 좋겠다. 당신은 선장에게 선원복과 여권, 출입국증명서를 받는다. 당신은 준비된 승합차에 오르고, 광장으로 간다. 정확히 2시간 후 광장의 카페—mory에서, 나는 당신이 위조된 서류와 러시아제 권총을 받는 것을 지켜본다. 이제 비밀은 지켜지거나 말소된다.

 당신이 이름을 가질 때, 내가 일방적으로 강요한 침묵의 카르텔은 깨진다. 당신은 모든 상황을 비로소 이해하기 시작한다. 문제는 단순해진다.

 나는 당신의 목소리를 베끼고 있다.

 * 배수아, 『북쪽 거실』 중 「목소리의 내부」 변용.

어느 날 바람이 사라졌다

어느 날 바람이 사라졌다.
이것은 한낱 어린애의 거짓말이나 신화의 이야기가 아니다.
지금 대기는 멈추었으며, 구름은 딱딱해졌고, 자외선은 더욱 팽창
했다.

    *

바람이 사라진 도시는 빙하기를 방불케 했다.
군대가 제일 먼저 도시로 질주했다.
바리케이드 너머 시민들은 고통으로 무기력했다.
산소와 하수도가 썩어갔고, 도처에 악취와 고름이 들끓었다.
생존은 일상이 되어, 누구도 삶을 긍정하지 못했다. 죽음은
창문을 닫기도 전에 찾아왔다.

학자들은 포럼을 조직하고 수많은 가설을 쏟아냈지만
아무도 그 원인을 밝혀낼 수 없었다.
한 종교 지도자는 가혹했던 출애굽을 기억해야 한다며,
달의 뒷면에 세워진 거대한 십자가를 봤다고 주장했다. 원인은,
"사람의 마음에 신이 사라졌기 때문입니다."
그러나 과학자와 사회학자들의 견해는 달랐다.

"시간의 백안白眼이 열리고, 메트로놈처럼 규칙적으로 움직일 때, 미래는 존재하지 못합니다."

시간의 빅뱅이 멈췄다는 것이다.

바람이 아무 곳에도 없었으므로, 바람을 추종하는 무리들이 폭발했다.

바람이 신이 될 수 있는 이유는 간단하다.

우리는 바람을 본 적도 없었고 만질 수도 없지만, 나뭇잎은 그 형상을 기억하고 있기 때문이다.

나라마다 바람의 형상을 만들었다.

모래나 물결의 무늬, 수증기가 흔들리는 풍경, 피사의 사탑이 진동하는 모양, 혹은 숲과 거대한 석상, 빌딩과 수사자의 등뼈가 흔들리는 모습이 대부분이었다.

아무도 바람의 형상을 볼 수 없었으므로 조각가들은, 바람이 진동한 물체의 무늬를 상상할 수밖에 없었다.

해마다 흉흉했던 소문은 점차 안정이 되어갔다.

일상은 간단한 수식처럼 쉽게 풀릴 듯했다.

정부 관료들의 주장에 따라 가장 높은 산에 거대한 장치를 만들고,

인공수정을 하듯 바람을 만들었다. 수직으로 낙하하는 인공바람은

사람들의 텅 빈 지갑 속으로 떨어졌다.

인공바람을 만드는 발전소의 주식이 급등했다.

인공바람의 자본은 집중되었으며, 극소수의 사람만이 부를 차지했다.

인공바람은 손끝마다 메스를 달고, 도처에 불안정한 문양을 만들기 시작했다.

문양에서 검은 물이 흘렀고, 학교와 공장은 문을 닫았다.

도시는 다시 울기 시작했다.

빌딩은 철의 옷을 입고 환부를 가렸다.

나무와 바다가 다시 말랐다.

경제적인 이유로 밤에는 발전소의 불이 꺼졌다.

자물쇠는 더욱 크고 튼튼해졌으나, 밤은 누구의 친구도 아니었다.

감각은 벼랑 끝으로 갔다. 사람들은

오늘 자살하는 것이 좋다고 생각하기 시작했다.

*

어느 날 바람이 사라졌다.
꿈을 꾸는 자의 심장은 딱딱해지며, 말〔言〕은 폐허로 변할 것이다.

아무도 그의 말을 믿지 않았다.

나는 더욱 낮아지고 치열할 것이다

문 밖에 햇빛이 울창하다. 햇빛의 비늘을 들추며 바람이 지나간다. 바람을 만졌으나 흩어지며 사라졌다. 바람과 어긋난 것이다. 못내 아쉬운 마음이다. 저 문을 들고 나는 것은 바람뿐일까. 그것이 궁금하여 신문을 접고 밖으로 나간다. 바람은 온갖 모양으로 거리를 떠다닌다. 살구나무에서 꽃이 피고 질 때도 바람은 제 속살을 들이밀고, 녹슬어가는 자전거에도 바람은 있다. 그 바람을 보는 내내 눈이 아프다.

나는 천천히 걸어가면서 이승의 온갖 냄새를 맡는다. 도처에 냄새가 있다. 냄새는 바람 속에서 길을 내고, 조금씩 부풀어 오른다. 냄새의 끝에 가만히 손을 댄다.

또한 소리도 있다. 고추가 붉게 말라가는 소리, 나무그늘이 펼쳐지는 소리, 감자가 주춤주춤 꽃을 밀어내는 소리. 나는 소란스러워진다. 많은 소리가 한꺼번에 멈출 때도 있기 때문이다. 그러면 나는 귓속에 담아두었던 두툼한 소리의 책들을 꺼낸다.

시가 되지 못하는 말은 없고, 시가 아닌 말도 없으므로 세상은 시로 가득하다. 내 안에 길을 내고 나를 관통했던, 모든 이름들을 하나씩 부를 것이다. 그 이름들이 형상을 가지고 불쑥불쑥 자라도록, 나는 더욱 낮아지고, 치열할 것이다.

늘 내 등의 밭을 가꾸시는 부모님께 영광을 돌린다. 바람과 냄새, 소리가 시가 될 수 있도록 길을 열어주신 김영철 선생님, 말이 익을 수 있도록 기다려주신 고창운 선생님과 김진기 선생님께 감사드린다. 그리고 글과 삶을 나눈 건대 글꾼 친구들과 이안 형과 기쁨을 나누고 싶다. 무엇보다 부족한 시를 뽑아주신 이문재 선생님과 장석남 선생님께 감사드린다. 시에서 났으니, 나는 시에서 피고 질 것이다.
    오늘은 나의 아내, 변영수에게 희고 눈부신 꽃을 바쳐야겠다.

시적 내공 엿보인 작품세계,
펄떡이는 자기 색깔 키우길

　신인들의 작품을 앞에 놓고 있으면, 회를 뜨기 위해 펄펄 뛰는 생선을 도마에 올려놓은 기분이 되곤 한다. 벅찬 의욕에 덤비고는 있으나 쉽게 어찌 해볼 수 없는 경우다(끝내 생선회를 뜨는 사람은 아니므로 오해 마시길!). 난감할지언정 싱싱한 비린내는 정신적 활기를 북돋우는 농염한 매력이므로 문제는 늘 생선의 선도에 있게 마련이다.

　본심에 올라온 시들에 대한 첫인상은 한꺼번에 막 출하된 '양식 생선'들 같다는 의견이었다. 미리 수요를 예측하고 있는 듯한, 적당히 시류에 맞춘 패턴이 눈에 거슬렸다. 제각기 자라온 작품들, 가두리의 흔적이 없는 '자연산 활어'가 점점 드물어진다고 진단했다. 거듭 살피는 과정에서 오래 아가미가 멈추지 않는 시들이 남았다. 이해강·박성현 두 분의 시였다. 이해강 씨의 장점이 박성현 씨에게는 없었고 박성현 씨의 장점이 이해강 씨에게는 없어서 선뜻 택일하기가 어려웠다.

　이해강 씨는 응모작들이 모두 일정한 수준을 유지했다. 문제의식도 건강했고 대상을 장악하는 힘과 언어 감각도 기성시인 못지않았다. 그런데 지나치게 안정적이라는 것이 흠결로 지적되었다. "바람의 마찰음이 신음소리를 내며 조여진다 엎질러진 담쟁이 넝쿨을 끊으며 흰 점이 맹렬하게 뚫리고 있다"(「터널」)와 같은 수사의 과잉도 단점이었다. 신인은 도약대를 밟고 뛰는 존재이므로 그만큼의 새로운 높이가 필요함을 새겨주시길 바란다.

　반면 박성현 씨는 지나치게 '다양'했다. 「소행성 B1023」과 같은 SF적 요소에서부터 「봉화 가는 길」 같은 전통 서정시에 이르기까지 스펙트럼이 넓었다. 소품에서부터 장시에 가까운 호흡까지 보여주고 있어

잡식성 어류의 왕성한 소화력을 과시하고 있었다. 그러나 그것은 습작기가 매우 성실했음을 보여주는 증거이기도 했다. 편편마다 내구력도 뛰어났다. 지면에 발표되는 두 작품이 얼핏 서정 소품으로 보일지 모르겠으나 박씨가 갖고 있는 시적 역량이 의심되진 않았다. 이번 당선이 자기 목소리를 분명하게 설정하고 좌고우면하지 않는 계기가 되었으면 한다.

본심에 오른 응모작 대부분이 최근의 시적 유행에 편승하고 있다는 혐의에서 벗어나기 어려웠다. '가두리'를 스스로 어떻게 벗어나는가에 집중해야 하며, 과연 '벗어났는가'에 대해서도 깊이 반성해야 할 필요가 있음을 밝혀둔다. 모여서 길러지는 가두리는 결코 바다가 아니다. 넓고, 깊고, 큰 바다는 가두리 밖에 있다. 마지막으로, 이해강 씨의 응모작을 최종적으로 내려놓을 때 매우 안타까웠다는 사실을 밝히며, 권혁찬 · 정수연 씨에게도 정진을 당부드린다.

심사위원 : 이문재 · 장석남

석미화

1969년 경북 성주 출생
계명대학교 대학원 문예창작학과 졸업
2010년 매일신문 신춘문예 시 당선

hilla1@hanmail.net

■매일신문/시
그녀의 골반

그녀의 골반

1

나비 꿈을 꾸고 엄마는 날 낳았다 흰 꿈, 엄마는 치마폭에 날 쓸어 담았다 커다란 모시나비, 손끝에 잡혔다가 분가루 묻어나갔다 날개 끝에 고인 몇 점 물방울무늬, 방문 밖으로 날았다 돌담에 피는 씀바귀꽃 그늘을 옮겨다녔다 나비 날개엔 먼지가 끼지 않았다 한 꿈, 계단 입구에서 두 날개 맞접고 오래 기도하고 있었다 환한 꿈, 나는 오래 전 그녀의 골반을 통과한 나비였다

2

초음파상 골반뼈는 하얀 나비 같았죠 그녀의 골반뼈에 종양이 생겼을 때 보았던 그 나비, 그러니까 그녀의 꺼먼 엉덩이살 안에 나비 날개가 굳어 있었던 거죠 나는 잘 벌어지지 않는 날개 사이로 미끄러져 나왔던 거죠 나도 작은 나비모양 엉덩이를 달고 나왔던 거죠 그러니까 그녀가 힘겹게 좌판에 쪼그리고 있었을 때, 날품팔이, 품앗이할 때 그녀 속의 나비가 조금씩 앓고 있었던 거죠 이 지상 마지막까지 날고 있을 나비, 그러니까 내 속을 빠져나간 어린 나비는 지금 내 앞에서 폴짝폴짝 날아오르고 있는데요

낙석 주의

그의 입술이 내 속눈썹에 닿을 때
나는 모감주나무나 후박나무였는지도 모른다고 생각했어
숲의 냄새가 일렁거렸고
그의 윗입술과 아랫입술 사이
담쟁이덩굴인 듯 혀가 뻗어나와
내 푸른 목덜미까지 휘감았어
덩굴에 꼼짝없이 갇힌
나는 후박나무나 모감주나무 뒤엉킨 가지였는지도 모른다고 생각
했어
서서히 발 밑에서 뿌리가 뻗어나와
그 후로 꼼짝할 수 없는,
나는 어쩌면
둥치에 구멍난
모감주나무나 후박나무였는지도 모른다고 생각했어
언제까지든
절벽 돌무더기 굴러
가슴으로 쿵쿵 떨어져 내리는
흐리고 깊은 숲속이었어

저 쩌억 벌어진 입

악어는 뭔가를 막, 통째로 삼켰다
눈 부릅뜨고 억지로 삼켰다
도끼날 앞에 버티고 선 암소처럼 안간힘으로
뻗대던 짐승의 뒷다리가
파들파들 떨며 목구멍을 타고 내려간 뒤에도
입을 닫지 못하고 있다
제 몸보다 몇 배나 되는 먹이였는지
뱃골이 울퉁불퉁 부풀어 올랐다

처음엔 악어가 먹는 것이 아니라
먹히는 게 아닌가 할 정도였다
아래턱이 일그러져 있고
아직 얼얼한지 아래쪽으로 턱을 내려뜨리고 있다
뱃속의 고깃덩어리 위액에 녹고 있을 때조차
입은 다물어지지 않는다

결국 이맘때 보이는 것은
머리통에 올라붙은 튀어나온 눈,
마지막 숨 고르듯 꼼짝없이 눈알을 고정시키고 있다
먹이를 삼킨 건 입이 아니라 눈이라는 듯

주름진 눈꺼풀 붉어지고
슬몃슬몃 눈가가 젖고 있다

제 속으로 들어간 먹이를 소화시킬 때까지
배어나오는 눈물,
악어는 저 쩌억 벌어진 입을 어쩌지 못해
눈물로 내보내고 있다

그녀의 검은 봉지

1

난 화분을 깨뜨렸다 잎마름병에 걸린 잎 닦다가 줄기 쑥 딸려 나오며 깨져버렸다 영양제 꽂아두고 노란 액 흘러드는 걸 몇 주 지켜보았다 링겔병 꽂고 드러난 뿌리, 너무 가벼워 무게가 느껴지지 않았다 그녀를 안아 누일 때도 그랬다 몸이 굽어진 이유를 알았다 나는 철 침대 이불 밑으로 삐져나온 그녀의 발가락 만지고 또 만졌다

2

그때 그러는 게 아니었다 시집 간 딸 보러 온 먼 길, 그녀를 돌려세웠다 그때 그래서는 안 되는 거였다 갑자기 나타난 그녀, 영정사진 같았다 몸에선 간장 냄새가 났고 손톱은 새까맣게 쪼개져 있었다 손에는 검은 봉지 주렁주렁 달고 있었다

3

처음부터 그녀가 청승맞지는 않았다 두 봉지 오천 원, 짓무른 복숭아를 사지는 않았다 복숭물 뚝뚝 흘리며 그 자리서 무른 살 다 베어 먹지는 않았다 까만 손톱 밑까지 들어간 단물 빨아먹지는 않았다 떠리미로 신발자국 난 시퍼런 배춧잎 싸들고 오지는 않았다 처음부터 그런 여자가 아니었다 구멍 숭숭 뚫린 봉지, 복숭아가 짓무르고 배추가 시드는 사이 그녀도 참 속 많이 버리고 살았다

4
주름투성이 검은 봉지,
겹겹이 벗고 난 그녀 날아가지도 못하고 있었다

초저녁부터 꿈을 꾸었어

털실뭉치 내 몸이 풀리기 시작했어 한 올씩 풀리는 순간 허파꽈리 십이지장 구불구불 김 내뿜으며 딸려 나왔지 눈 코 입 매듭 풀고 휘둥거리고 있었지

똘똘 뭉쳐진 나를 풀어낼 때 얼마나 가렵던지, 한참 내 몸을 긁었지 허벅지 흉터자국 벅벅 긁어댔지 젖망울은 벌써 부풀어 올랐어 여기가 어딜까, 무덤이라고 생각했던 것 같기도 해 날실 풀풀 날리며 삐비꽃 보푸라기 위에 뛰놀았던 것 같기도 해

숙제는 언제 다 할 거니, 꿈 밖에서 달그락거리는 소리 엄마가 나를 다시 뜨려나 봐, 손을 뜨며, 한 땀 한 땀 솔잎뜨기를 하며 내가 풀렸다 이어졌다 했지

널브러져 있는 털실뭉치, 아랫도리에 뜨거운 게 만져졌어 첫 생리가… 악몽이었어 나는 엉망으로 엉켜버렸지 뜨거운 김 쐴 때 내가 쫙쫙 풀렸지 나는 끝없이 딸려 나가고 있는 것 같았어 파도뜨기가 시작됐던 거야

손을 허공으로 휘젓다 엄마 가슴을 만졌어 엄마가 내게로 감겨오기 시작했어 젖통에서 젖이 도는 것일까 내 몸에 매듭꽃이 화르르 피어올랐던 것 같아

이제 둥글게 짜준 한 뭉치 심장 풀지 않으려고 꿈 밖을 두드렸어 아직 초저녁이었어

파리의 방

그 여자 보름째 죽어 있었다
누구도 그녀를 흔들어 깨우지 않았다
조용한 죽음에 요란스런 파리만 아직까지 살아 있다

여자의 푹 꺼진 눈꺼풀에 앉았다가
검은 입술로 옮겨갔다가
산발한 머리칼 속으로 기어들어갔다가
콧구멍 속에서 기어나오기도 했다

파리만 날지 않으면
그 방은 말도 안 되게 고요해졌다
주로 그 여자의 몸에 붙어
성마른 잠을 청하기도 하고
똥을 싸기도 했다
부패되기 시작한 그녀의 몸이
파리에겐 널찍하고 축축한 방,

닫힌 창문 밖으로는 구름이 열흘 넘게 서성이다가
비를 쏟았다 흥건한 액체가 그녀의 몸 어디서 새어나왔는지
목덜미 밑까지 얼룩이 말라 있다

수상한 냄새는 얼룩의 것인지
먹다 남긴 붉은 국물의 것인지
그녀는 보름째 앵앵거림 속에서
파리에게 방을 내주고 있다

비등점을 향하여

때마침 주전자에 물이 끓고 있었습니다. 거세게 끓기 시작하며 김을 내뿜는 저쪽을 바라보았습니다. 잠시 떨림을 떠올렸습니다. 비등점! 그렇습니다. 이 비등점에 오르기까지 많은 시간이 걸렸던 것 같습니다. 늘 끓기 전에 멈춰버렸으며 다시 끓어오를 때까지 오랜 시간 식은 몸과 영혼을 달래야 했습니다. 돌아보면 반복을 하고 있었습니다. "괴로움이 비등점에 이르면, 무언가 다른 목소리가 나올 것이다. 그러나 지금은 아니다."라는 누군가의 말처럼 아직 그 지점에 도달하지 못한 채로 그곳을 바라보고만 있는지도 모릅니다. 그러나 한 가지 분명한 것은 그곳을 향하여 늘 심지를 돋워야 한다는 것입니다.

작고 소외된 것들이 유독 눈에 들어왔습니다. 그것들을 통해 나를 보았습니다. 내게 가장 중요한 문제를 가장 사소한 것에 걸어서 얘기하는 방법을 모색해보았습니다. 어디로 가야 할지 모를 때 불가능에 대해 무릎 꿇었습니다. 오래 기도하는 마음으로 돌아갔습니다. 이 모든 게 시로 귀결되는 것이었습니다.

이미 적지 않은 시를 썼지만 아직도 쓰지 못한 한 줄을 위해 살아가도록 하겠습니다. 그 짧은 한 줄을 위해 나를 바쳐야 할지도 모르겠습니다. 그러나 아직 그 고통과 아픔을 제대로 느끼지 못하고 감각은 무디기만 합니다. 앞으로 그다지 달라지지 않을 듯한 자신을 그래도 또 닦달하고 몰아붙일 것입니다.

책상 머리맡에 붙어 나를 항상 바라보는 〈근취제신, 원취제물近取諸身, 遠取諸物〉, 이 말의 귀한 뜻을 깨우치게 해주신 계명대 문창과 선생님들께 감사드립니다. 시의 몸을 들여다보라는 말씀 잊지 않겠습니다.

늘 불안한 나를 애정으로 바라봐 준 가족들과 선후배님들께도 함께 있어서 행복했다는 말 전하고 싶습니다. 끝으로 부끄러운 제 글을 뽑아주신 심사위원 선생님들께도 감사의 말씀을 올립니다.

정확한 언어로 시상 엮어 나가는 솜씨에 신뢰

　예심을 거쳐 올라온 25명의 작품들은 크게 두 갈래였다. 안정적인 시 세계를 구축하고 있는 익숙한 문법의 작품들과 언어의 긴장이 돋보이는 패기 넘치는 작품들이 그것이다. 뒤집어 말하면 안정적인 작품들은 패기가 부족하기 쉽고, 언어의 섬세함이 시선을 사로잡는 낯선 문법의 작품들은 공허한 말놀음의 혐의를 넘어서기가 결코 만만치 않다는 것이다.

　심사위원 두 사람이 각각 숙독하고 5편씩 고르니 겹친 한 작품을 포함해 9편의 작품이 다시 선별되었다. 논의 끝에 4편을 최종 후보로 골랐다. 권분자의 「여우비」, 성은주의 「검은 고양이 카바레의 검은 고양이 신사」, 김승훈의 「입술에 관한 새들의 보고서」, 석미화의 「그녀의 골반」이 그것이다.

　권분자의 「여우비」는 삶에 대한 웅숭깊은 시선이 돋보였다. 언어 수련의 과정을 잘 거쳤음을 짐작하게 하는 적절한 비유의 힘도 느낄 수 있었다. 그러나 전반적으로 산문적 발상이란 아쉬움을 남겼다. 성은주의 「검은 고양이 카바레의 검은 고양이 신사」는 시적 언어의 활달한 운용이 눈길을 끌었다. 그러나 의욕이 넘쳐 정작 하고 싶은 메시지를 제대로 담아내지 못했다.

　이에 비해 김승훈의 「입술에 관한 새들의 보고서」는 언어 자체의 독특한 '아우라'가 느껴지는 실험적 작품이었다. 상상력의 참신함과 더불어 구조적인 완결성도 있었다. 그런 점에서 신춘문예에 가장 어울리는 작품이라고 할 수 있다. 그러나 불필요한 영탄의 언어는 시의 진정성과 가독성을 떨어뜨리는 흠결을 드러냈다. 반면 석미화의 「그녀의 골반」은

핍진한 삶의 굴곡을 고루 살피는 성숙한 시선이 깃들여 있었다. 정확하고 곡진한 언어로 시상을 잔잔하게 엮어 나가는 솜씨가 신뢰감을 얻기에 충분했다. 아울러 투고한 작품들 모두 완성도가 높고 수준이 골랐다. 반면 젊은 패기가 부족하다는 아쉬움도 같이 남겼다. 심사위원들은 탄탄한 사유구조와 시적 완성도라는 관점에서 석미화의 작품을 당선작으로 선정하게 되었다. 합당한 행운을 차지한 당선자에게 축하를 보낸다.

심사위원 : 송재학 · 엄원태

성은주

1979년 충남 공주 출생
한남대 대학원 문예창작과 재학 중
2010년 조선일보 신춘문예 시 당선

franceda@naver.com

■조선일보/시
폴터가이스트

폴터가이스트*

하늘은 별을 출산해 놓고 천, 천, 히 잠드네

둥근 시간을 돌아 나에게 손님이 찾아왔어 동구나무처럼 서 있다
가 숨 찾아 우주를 떠돌던 시선은 나를 더듬기 시작하네 씽끗, 웃다
달아나 종이 인형과 가볍게 탭댄스를 추지

그들은 의자며 침대 매트리스를 옮기고 가끔, 열쇠를 집어삼켜 버
리지 그럴 때마다 나는 침대 밑에서 울곤 해 스스로 문이 열리거나
노크 소리가 들릴 때 화장실 문은 물큰물큰 삐걱대며 겁을 주기도
해 과대망상은 공중으로 나를 번쩍 들어올리지 끊임없이 눈앞에서
주변이 사라졌다 나타나고 조였다 풀어져

골치 아픈 그들의 소행에 시달리다 못해 어느 날, 광대를 찾아갔
지

광대는 자신이 두꺼운 화장에 사육당하고 있다며

웃어야 할 시간에 울고 있었어

천장을 훑어 오르기 위해 어둠 속에서 그들은 그림자를 흔들고 있
어

자연스럽게 때론 엉성하게

그러다 접시가 입을 쩌억 벌렸어

누워 있던 골목들 일제히 제 넋을 출렁였지

붙어 있던 그들은 홀가분하게 나를 떠났어
온갖 소동 부리고 떠난 자리,
무성한 음모만 시끄럽게 남아 있네

　　＊ Poltergeist : 불안정하게 소란을 피우는 영靈.

거울, 불면증

거울아, 눈 감지 않는 거울아

널 따라 네 몸에 들어가 날 팔고 싶은데 쉽게 잠들지 않는 오늘 공
기를 검게 가두고 밤을 익혀도
　들어가겠다고 눈 감겠다고 숨겠다고 물고기 한 마리 저리게 흔들
며 울어도 주변만 물렁해지네
　락스를 풀어 놓은 듯 같은 색깔로 기록을 남기지 네 문 속에 담긴
침묵은 착실했어 비명은 이제 병들었다고,
　모두 치아를 보이고 혀를 보이며 말 걸어왔지

바다도 아닌 태양도 아닌, 파도 같은 빛으로 지뢰 밟듯 널 닮아가
지 네 몸 안에서 물장구를 치면 생리적인 연주에 음표를 달면
　스륵스륵 수로가 열리고

아무도 찾아오지 않는 거울아 조각조각 우리는 우리를 낳고 유령
처럼 불어났구나 이제 마취제가 필요할까 항우울제가 긴실할까
　지워지지 않는 거울의 지문은 하얗게 밀가루로 번져 개처럼 울고,
　차라리 녹아 버리는 편이 좋겠지
　코카인에 중독된 최면이라면
　타르에 그을린 악몽이라면

피를 토해 내며 찢겨질 듯 부재를 남겨놓고
혼자, 힘으로, 어서, 내 관 짜놓고, 영원히, 자자,

아프리카의 별

그림자 많은 방에는 나미브 사막의 붉은 모래언덕이 숨어 있다

기이다란 시간이 네 입에서 튀어나올 때 은거할 곳이 여기뿐이라
는 걸 알았다 주기적으로 꿈을 꾼다 창문 밖 뻗은 가지야 내게 손 내
밀어도 소용없다 내 맘이 넉넉지 못하구나
(비상탈출시 망치로 창문을 깨시오)
유리창 물 속은 모래알투성이구나, 죽은 오아시스
귓속에 빗방울 넌 어디쯤 오고 있는지
염분 늘어난 눈물만 무거워지는데

오물오물 사막을 걷다, 먼지 사이에 있는 여백을 고민한다 길이
있어도 길을 버리며 간다 농담처럼 버리며 간다 그럴 때마다 붉은
모래 파도가 강렬하게 일렁이는 듯해
불어오는 바람 때문에 신축성 있는 사랑은 부탁만 늘어가는데
거친 잡담을 적셔 놓고, 혹은 준비하고
지문처럼 남겨져 쉽게 잠들지 못한다

차가운 기억이 사막의 열기와 만나 밤사이 안개가 온다
사막 얼음나무는 안개와 연애 중이야 아픈 새벽 여미고 네 고통을
끌어안고 울컥하지 낙타가 길을 가지 않고 숨만 쉬고 있어 눈에 벌

레가 들어가도 모르겠어 내가 콕콕 찔러 잡아줄게
　엄마의 목소리가 자꾸 가려워 태양이 뜨면
　나를 철저하게 처형하고 불태우겠어
　(왜 그래 사람 쓸쓸하게,)

　그냥 저 별빛으로 머리나 슬슬 빗겨 줄래

검은 고양이 카바레의 검은 고양이 신사*

　별 부스러기 뒹구는 조명 아래 '느리고 비통하게, 느리고 슬프게, 느리고 무겁게' 피아노가 음표를 뱉어내고 있는데 클로드 드뷔시는 지휘봉 대신 숟가락 들고 지휘하네
　에밀 구도가 주머니에 접혀 있던 자작시를 꺼내 읊고 카바레 주인 살리는 시대의 폭력을 조롱하듯 퍼붓지

　　내가 낯선 음표로 어둠과 침묵을 파먹을 때
　　음마다 자기 시간을 따로 갖는 환청 몰려와
　　붉은 죽음이 가면을 쓰고 혀를 내밀었어 문득,
　　재생되지 않는 쉬잔 빌라동 찾으려 압생트 훅훅 들이켜 보았는데
　　작약꽃 속살만 더 환하게 드러나더군
　　독인지 약인지 어둠은 곯아떨어져 지문까지 하얗게 만들어 버리고 정든 불면은, 질긴 바람은 검게 떠났지

　　카바레 마지막 계단 앞에 선 강박이여
　　알몸으로 처녀가 곱게 미친 환시여

　　눈 감고 있지만 절대 잠들지 않고 녹슨 가위로 검은 중산모와 검은 벨벳 수트를 오려내는, 검은 고양이 손잡이가 달린 박쥐우산을 잃어버리는 악몽에 눌려

잠인지 죽음인지 몽마르트 언덕을 홀로 걷다 차갑지도 뜨겁지도
않은 땀에 흠뻑 젖어드네

＊ 피아니스트이며 작곡가인 에릭 사티의 별명.

열 개의 테이블

　밤이면 숨이 찼다 카타르성 안개 독하게 찾아든 날
　헐겁게 이어진 골목 사이 남자와 여자로 이어진 픽토그램 간판,
보인다
　가야 한다, 가야 한다고, 그 카페로 가야 한다고,
　바람이 소리치면 나는 운다 울면 깊이 잠겼고, 침묵은 길게 찢긴
다

　신발 뒤꿈치 어둠은 따라다니며 혀를 굴려댔다
　어디로 가고 있니? 제발 난 살아야겠어

　우리가 비벼놓은 자리는 동전처럼 떠돌았다 몇 해 전 어제로 들어
가 버린 너는 숨막혔다 나를 다시 찾아오라고 바람으로 매듭진다 손
가락에 피만 고였다, 그럴수록
　가지고 놀다 버린 어제는 가면 쓰고 오늘로 왔다 열 개의 테이블
은 오래된 표정으로 불빛을 조였다 열 개의 기다림은 일정한 간격을
두고 나란히 서 있다 그 사이로 음악이 통과한다 숨 쉬어도 살아 있
지 않은 음악에 시간이 깨진다 사이와 사이에 낀 음악에 살이 붙자
테이블 하나씩, 떠났다

　창문은 차갑게 열리고 뜨겁게 닫힌다

돌아갈 거니? 거울 안에 있을게 제발 깨지 말아줘

　테이블마다 촛불은 의식 중이다 숨어버린 너를 위해 의식 중이다
달게 취한 목덜미로 어둠이 미끄러진다 아무도 채우지 못한 자리에
는 붕대 같은 테이블보만 칭칭 감겨 흐느낀다

　열 개의 테이블은 테이블이 열 개가 아닌 열한 개
　바깥쪽에 누군가를 위한 한 개의 기다림이 있다고
　죽은 오늘이 유언을 남겼다
　그날, 창문들은 모두 눈물 흘렸다
　카페 모퉁이에 모퉁이를 넘긴다
　벽화 속 해바라기를 뽑아 실컷 살게 해주고 싶다

봄은 부재 중이야

걸어가네 간신히, 살아가며 나를 기록하지 봄은 부재중이야

나무가 꽃을 낳았다가 삼켰어 꽃들의 족보에 봄은 없다네 향기만 던져주고 모두 죽었지

꽃이 내어준 향기는 곧, 길이 되겠지 보이지 않는 그 길에 벌이 날고 나비가 산책해 세상은 길로 들끓고 있어 그대 내어준 길 따라 나 걷지 않아도 가네 느린 오후의 산책은 언어에 취하네, 충돌하네, 비린내가 날 때 봄을 찾을 거야

하늘의 자궁에서 뭉게구름은 뜨겁게 산란하지 눈부셔, 눈물은 건져도 건져내도 더 깊이 들어가 울어 이 봄을 밟고 이 몸을 핥고 지나가는 무수한 들풀도 흐느껴

사진기로 살아 있는 새들을 빨아들이지 영혼만 숲속으로 갔지 새들도 봄을 모른다 하네 새들도 이탈 중이라 했어

바람은 조용히, 조용히, 부풀어 오른 손을 내밀지

봄, 화장했던 얼굴을 지우고 주름을 그늘에 감추지 수줍지

봄, 기어왔다가 어느새 뛰어가네

봄, 몸뚱이를 비밀통로에 부려놓네

문학은 나의 치료제

시를 쓸 수 있도록 해준 '지금'과 '공간'에게 고마움을 전합니다.

이 세상 만물과 연애하고 싶은 마음으로 시를 쓰고 싶습니다. 무엇에 접근하기 위해서가 아닌, 상처로부터 자유로워지고 싶은 마음입니다. 문학은 나를 발견해주는 치료제였고, 소외된 사유를 관계의 중심으로 옮겨 놓아 주었습니다. 시는 제 파토스에 하나하나 리본을 달아주며 질서 있게 나를 복원시키려 했습니다. 의미 없는 의미들이 부식되던, 어제는 감각적인 경계를 만나 별도의 설명도 없이 포장되기도 합니다. 그럴 때마다 나는 사랑할 대상을 찾아 떠났습니다.

당선소감을 쓰는 날 이사를 했습니다. 눈 때문에 살짝살짝 하얗게 지워지는 길 위에서 생각했습니다. 새로워지기 위해서는 지워져야 한다고, 그렇습니다. 지워지는 건 두려운 게 아니었나 봅니다. 작년 이맘때쯤 USB의 고장으로 모든 작품을 잃었던 적이 있습니다. 잃었기 때문에 얻었습니다.

지금 미국에서 기뻐해주실 지도교수님과 문학의 길로 이끌어주시는 한남대 문창과 교수님들, 학점을 잘 주셨던 이재무 교수님, 늘 멘토링 받고 싶은 김동석 소장님, 시정신학회 회원들, 사랑하는 친구들, 당근, 앨리스, 도와주신 모든 분들께 감사드립니다. 언제나 믿고 지켜봐주시는 아버지, 독수리 오형제보다 강한 우리 오자매 언니들, 형부들, 조카들, 사무엘 사랑합니다. 하늘에서 내려다보고 계실 엄마, 할머니, 하느님과 기쁨을 함께 하고 싶습니다. 이렇게 감사를 명료하게 밝힐 수 있게 해주신 심사위원 선생님들께 시다운 시로 보답드리겠습니다.

불안을 이미지로 형상화…
문학적 역량 높이 평가

　마지막까지 논의된 것은 성은주의 「폴터가이스트」 외 2편과 김아타의 「달로 날아가는 방」 외 5편이었다.

　김아타의 시는 새로움에 대한 열정으로 가득 차 있었다. 문체 실험실에서 나온 듯한 그의 의욕적인 작품들은 특이한 언어의 선택과 뒤틀린 배치, 엉뚱한 결합을 통해 새로운 표현의 가능성을 모색했다. 물론 평범한 문법을 거부하려는 신인의 자세는 바람직한 것이다. 그러나 소통의 단절을 앞세우는 듯한 난해하고 모호한 문장들을 누가 읽어낼 수 있겠는가. 현란한 수사에의 도취는 자칫 시의 본질을 벗어난 장식적이고 기교적인 언어의 쇄말주의에 빠질 위험이 있다. 작은 것과 큰 것, 버려야 할 것과 남겨야 할 것이 무엇인지를 구분해 내는 큰 안목을 갖추어야 비로소 독자들이 의심하지 않는 한 편의 시를 쓸 수 있을 것이다.

　성은주의 「폴터가이스트」를 당선작으로 뽑는 데는 이견이 전혀 없었다. 그만큼 든든한 문학적 역량이 느껴졌고 신뢰가 깊이 갔던 작품이다. 「폴터가이스트」는 불안을 형상화했다. 불안을 토로하는 것은 쉽지만 불안을 이미지로 형상화하는 것은 쉬운 일이 아니다. 진심이 묻어 있는 어눌하면서도 차분한 어조, 공포를 잠시 해소시키는 짧은 농담, 살얼음처럼 떨리는 섬세한 문체로, 불안이라는 묵직한 주제를 능숙하게 다루는 솜씨는 주목할 만한 것이었고 높이 평가할 만한 것이었다.

심사위원 : 문정희 · 최승호

심명수

1966년 충남 금산군 출생
한국방송통신대학교 국어국문학과 졸업
중앙대 예술대학원 문예창작전문가과정 수료
현재 인천은광학교 근무
2010년 부산일보 신춘문예 시 당선

byulmoi@hanmail.net

■부산일보/시

쇠유리새 구름을 요리하다

쇠유리새 구름을 요리하다

　잘못 꾼 꿈이 지워진 거예요 마음이 시끄럽네요 쮸릿, 쮸릿, 칫, 칫 물이 끓고 있나요?

　머릿속을 지우개로 박박 지웠더니 보글보글 구름이 생겼어요 요리에 앞서 별표 3개라는 걸 잊지 마세요 너무 많이 문지르면 검게 비구름이 된다는 걸 알아야 해요 그럼 한쪽으로 쓸어버려야 하죠 쓸려나간 구름은 어디선가는 필요로 하거든요 아픈 배 문지르던 엄마의 손길로 잘못 디딘 첫발을 지워봐요 뒷걸음질치며 구름이 송골송골 피어날 테니까요

　일단은 지나가는 뜬구름 낚아채 통째로 집어넣어야만 해요 낚아챌 때는 빠른 감각, 두꺼비 혀의 본능이 중요해요 토끼 기린 강아지 오빠 엄마 물고기 할머니 얼굴로 수시로 변하거든요 강아지가 싫으면 절대로 피해야 하니까요 오빠와 엄마를 요리하고 싶으면 적절할 때 낚아서 납득시킬 만한 꺼리가 필요해요 잘못하면 당신이 설득당할 테니까요 할머니에겐 안개구름 한 소반 선물해 봐요 그럼 그 속에 감춰진 추억을 하나하나 따내며 끄덕끄덕 하시겠죠 그리고는 겹겹이 포개진 뭉게구름 동강동강 썰어야 해요 구름의 남쪽, 비늘구름 잡아당겨 살점만 떠 넣고요 다시 제 위치에 걸어놓아야 해요 요리는 늘어놓고 하면 곤란해요 제 살점을 잃은 구름은 몇 초 지나지 않아 다른 형상으로 변해 떠나가 버려요

하악, 그새 악어가 입 딱 벌리고 급하강하는 줄 알았어요! 간이 철렁했죠 긴 꼬리를 끌며 지나간 뒤에 간을 보니 싱거워요 소금을 좀 더 넣어야겠네요

요리를 하다 보면 알게 되죠 구름을 절대 새총으로 쏘아 잡으면 안 돼요 조리법에 어긋나는 일이죠 빗맞기라도 하면 냄비에 구멍이 나요 조루처럼 빵빵 뚫린 구멍으로 빗줄기가 쏟아질 테니까요 조리법에 의하면 그 총탄자국은 밤에만 보인다지요 그것은 인간들이 쏘아댄 빗나간 꿈이에요, 별들의 실체라고도 해요

요리가 다 됐나요? 새털구름이 하늘 가득 옷자락 피었어요 여러 빛깔로 아롱진 꽃구름이 피었어요 배추흰나비가 노루귀 꽃잎에 앉았어요 지나가던 바람 배추흰나비 날개깃에 머무네요

요리는 다 되었나요, 꽃구름?

별

누가 밤을 저리도 송곳으로 콕콕 찍어 놨을까

그 노총각 참 쓸쓸하다

난로 위 맹물 쫄고 있는 주전자, 주전자가 열이 바짝 올라 있다.

꼭지 달린 모자 눌러 쓴 주전자는 콧대가 높다 감기라도 걸리면 코마개 할 때도 있다 그러면 가래 끓는 목 가다듬으면서도 철없이 태평소를 불어 댄다 사람들은 잠시 일손을 놓고 아랫목 같은 그 주변으로 둘러앉아 젖은 깃 털듯 마른 손을 비벼대며 태평소 이야기에 젖곤 했다 그러나 이젠 찾아주는 이라곤 잠시 왔다 간 사무실 미스 홍, 한두 잔 뜨거운 커피물만 콜록콜록 따라 갈 뿐, 사람들에게 태평소는 시끄러운 소음일 따름이다.

주전자는 얼굴 가득 침통한 기색으로 화끈거린다. 줄담배를 피운다. 수음하듯 뿜어 대는 탄식의 비음. 난로는 풀무처럼 쉼 없이 불을 뿜어내고 주전자는 매번 모자만 벗었다 썼다 할 뿐, 속이 타는 자의 갈증을 알아주는 이 없다. 구수한 보리차, 생강 조각을 썰어 넣고 목 가다듬어 한없이 불던 태평소, 이제는 한 모금 훌쩍이며 적실 이도 없다.

밤새도록 달아 있는 난로 위 사내의 아랫도리가 쓸쓸하다.

포도 한 알이 구를 때

고양이를 생각한다 검고 푸른 눈의 고양이

그 고양이의 눈을 가만 들여다보면
새끼줄처럼 비비 꼬인 달팽이
먼 곳을 향해 송신 안테나를 꽂은 달팽이
고양이는 여자의 몸처럼 둥글둥글 곡선을 가졌다

고양이 눈알을 가져다 내 책상 위에 또르르 굴려본다
구르다 만 고양이의 눈
치켜뜬다
내 책상 모서리쯤에서 굴러 떨어진다

굴러 넘어져 있던 자전거 일으켜 세운다
차르르 구르는 두발바퀴 바퀴살은
발열하는 고양이 눈빛, 아기 울음을 운다
아기 울음이 집 밖으로 나간다

자전거와 고양이가 나란히 달린다
튕겨나간다
달팽이가 자전거를 거부한다

고양이 눈 속엔 달팽이가 있다
고양이가 다시 책상 위의 제 눈을 찾아간다

텔레비전 고장나면

내용 없이 그녀가 하얗게 웃는다

나는 얼굴 없어 마주할 필요가 없다고 생각하나
그렇다고 어디를 봐야 할지도 난감하다
주인 없는 말들이 저희들끼리 방 안을 떠돌아다니며
나의 생각과 나의 언어들을 훼방놓는다

고장난 것들은 때론 괴팍한 법
토라진 그녀가 다시 얼굴을 바꾼다
그녀가 팍 하고 불꽃 뱉어내면 오존같이 풍기는 전하
방안 사물들은 일제히 구린내 풍기듯 소란하다
나도 가끔 그녀로 인해 몸의 털들이 쭈뼛 서기도 한다

고장난 창
빛이 삐걱거리며 닫히면 나는 갑자기 캄캄해지고
그녀는 암중모색
다시 창을 연다
하얗게 일그러진 창밖 소리로
원인을 규명해보고 싶은 생각이 든다

소리의 회로란 멀고도 복잡하다
기억의 소자는 수렁 같아서 쉽사리 빠져나온다 해도
통과 여부를 묻는 놈이 떡 버티고 있어 까다롭다
하지만 희망이라는 발광 모자를 벗지 않는다면 낭패 볼 것은 없다

그녀가 웃는다
웃다가 일그러진다 나는 밤새도록 창을 열어 둔다

허공에 우울증이 매달려 있다

관념의 다이아몬드 못을 박아 거미가 집을 지었다
먹줄 튕기며, 얼개 팽팽하게, 때론 탄력 있게 얽어놓고
사람들은 함부로 그 생의 회로도를 빗자루로 쓸어낸다
청소 용역인처럼 중요한 증거를 함부로 삭제해버린다
가끔씩 누락된 것들 사다리 타고 내려와
쓸려나간 원인을 묻고 가기도 한다

누군가 이 세상으로부터 영원히 누락되었다
맑은 허공에 파문이 인다
파문은 거미집처럼 의혹을 남기고 허공을 아파한다
허공이 우울증을 앓고 있다
아침, 저녁으로 고질병 같은 안개 밀려왔다 밀려간다
말랑말랑한 잠을 흔들어 깨워놓고 천연덕스럽게 웃는 얼굴
핼쑥한 그림자도 끌고 와 발밑에 함부로 버린
나의 원고들과 생의 질긴 목을 조인다

이제 누가 방아쇠를 당겼을까
반짝이는 물결, 깨어진 거울이 생각을 어지럽힌다
나는 깨진 거울의 각진 표면의 모서리에서
실명한 눈에 비치는 이지러진 달을 보듯 나를 본다

적중이다
물컹한 생의 속살 속에서 피가 짓물러 흐르고
너는 그렇게 과녁 속으로 떨어졌다
허공은 다시 우울증을 매달고
베레타 M9 실탄이 다시 나를 향해 날아온다

시는 내 운명의 굴레

'서머싯 몸'의 『인간의 굴레』가 생각난다. 필립은 장애인으로서, 고아라는 환경으로, 예술적 고뇌 때문에, 여성에 대한 집념 등 운명적으로 쓰인 굴레를 힘겹게 극복해 간다.

내 삶도 어찌 보면 필립과 닮아 있다. 어린 날 부모님을 일찍 여의고 우리 가족은 폭탄을 맞은 듯 뿔뿔이 흩어져야 했다. 그러나 다행스럽게도 그 파편조각은 어느 수집가에 의해 귀하게 쓰임을 받았고 그러한 배려로 내 삶은 훈훈한 생기를 가질 수 있었다. 그러나 근본적으로 필립과 같은 굴레에서 벗어날 수는 없었다.

그러다가 조금 늦게 시를 접했다. 시는 오랫동안 내 삶의 밤하늘이었고 별이었고 꿈이었다. 이런 내게 날아든 당선 소식은 내 생의 어떤 소식보다 날 기쁘고 두렵게 했다. 운명처럼 나를 조이던 굴레가 실상 그리 무겁고 힘들게 여겨지지 않았다. 왜냐하면 이제 나는 내 운명의 굴레보다 더 나를 옥죌 시의 굴레를 기껍게 쓰려 하기 때문이다.

시에 참신한 상상과 메타포의 날개를 달아주신 중앙대 예술대학원 김영남 선생님, 서투른 날갯짓을 소중하게 보아주신 심사위원 선생님, 그리고 부산일보사에도 감사드립니다. 감사할 분들은 많으나 가슴으로 인사를 대신합니다. 보답하는 마음으로 더 열심히 하겠습니다. 아울러 별뫼 친구들, 정동진 회원님들, 지리산의 눈꽃, 풀꽃들과도 이 기쁨 함께 나누고 싶습니다.

상상력 증폭시키는 힘과 감각

시 부문 투고자들 중에서 본격적인 논의 대상으로 압축된 것은 강가영, 김승원, 최류, 김경덕, 심명수 등이었다. 이 다섯 사람의 작품은 각각 개성적인 목소리와 일정한 완성도를 지니고 있다고 여겨졌다.

강가영의 섬세한 조형력, 김승원의 현실에 밀착한 시선과 절제된 표현, 최류의 독특한 존재론적 사유 등은 모두 소중한 것이었지만, 당선작이 되기에는 다소 인상이 약했다.

마지막으로 김경덕의 「포쇄도」와 심명수의 「쇠유리새 구름을 요리하다」를 두고 적지 않게 고심했다. 김경덕의 시가 고전적 기품을 지니면서도 언어를 탄력있게 운용할 줄 알고 시의 묘미를 만들어내는 솜씨를 보여준다면, 심명수의 시는 착상이 재미있고 상상력을 증폭시켜 나가는 힘과 감각을 지니고 있다. 이 대조적인 세계 중에서 심사위원들은 결국 좀더 젊고 신선한 목소리를 선택했다. 심명수의 투고작 10편이 두루 고른 수준을 보여주고 있어서 더욱 믿음이 갔다.

당선작인 「쇠유리새 구름을 요리하다」는 상상력의 요리법이라 부를 수 있을 만큼 다채로운 이미지들의 변주를 보여준다. 이런 분출이 다소 소란스럽고 산만하게 느껴지기도 하지만 자유로운 이탈과 생성의 순간은 즐거운 몽상으로 독자를 이끌어간다. "낚아챌 때는 빠른 감각, 두꺼비 혀의 본능이 중요해요"라는 구절처럼 감각의 촉수가 예민하고 날렵한 이 신인이 앞으로 차려낼 풍성한 시의 밥상을 기대한다.

심사위원 : 정현종 · 정호승 · 나희덕

유병록

1982년 충북 옥천 출생
고려대학교 국어국문학과 졸업
2010년 동아일보 신춘문예 시 당선

qudfhrdb@naver.com

■동아일보/시
붉은 호수에 흰 병 하나

붉은 호수에 흰 병 하나

딱, 뚜껑을 따듯
오리의 목을 자르자 붉은 고무 대야에 더 붉은 피가 고인다

목이 잘린 줄도 모르고 두 발이 물갈퀴를 젓는다
습관의 힘으로 버티는 고통
곧 바닥날 안간힘
오리는 고무 대야의 벽을 타고 돈다

피를 밀어내는 저 피의 힘으로 한때 오리는 구름보다 높이 날았다
죽은 바람의 뼈를 고향으로 운구하거나
노을을 끌고 툰드라 지대를 횡단하기도 하였다

그런 날로 돌아가자고 날개를 퍼덕일 때마다
더 세차게 뿜어져 나오는 피

날고 헤엄치고 걷게 하던 힘이 쏟아진다
숨과 울음이 오가던 구멍에서 비명처럼 쏟아진다

아니, 벌써 따뜻한 호수에 도착했나
발 아래가 방금 전까지 제 안쪽을 흘러다니던 뜨거운 기운인 줄

모르고
  두 발은 계속 물갈퀴를 젓는데
  조금씩 느려지는데

  오래 쓴 연필처럼 뭉뚝한 부리가 붉은 호수에 떠 있는 흰 병을 바
라본다
  한때는 제 몸통이었던 물체를
  붉은 잉크처럼 쏟아지는 내용물을 바라본다

길고 길었던 여정이 이처럼 간단히 요약된다니!

  목 아래에는 아무것도 남지 않았는데
  발 담갔던 호수들을 차례로 떠올리는 오리는
  목이 마르다
  흰 병은 바닥난 듯 잠잠하지만
  기울이면 그래도 몇 모금의 붉은 잉크가 더 쏟아질 것이다

엘리 엘리 라마 엘리베이터

1

엘리베이터는 힘이 세다 무엇이든 들어올린다

저녁이면 달을 신고 올라가 옥상 위에 걸어놓는다 거리를 쏘다니던 가방과 지친 그림자, 병든 지팡이와 활짝 핀 브로치도 엘리베이터에 담겨 집으로 간다 구원받는 표정으로 열쇠를 만지작거리며

2

아름다운 베란다를 지나면 악취가 새어나오는 창문, 밥 짓는 냄새가 풍기는 복도를 지나면 빈 집, 모든 건 벽 하나 차이다 엘리베이터는 곰팡이 핀 지하에서 하늘 가까이 올라간다 빛과 어둠조차 한 층 차이!

누가 도끼질이라도 하는 것일까 움찔, 엘리베이터가 멈춰 서기도 한다 벽과 천장이 사라지고 사방은 낭떠러지가 된다 날개도 없이 허공에서 공포에 떠는 사람들, 그들은 구조된 후 한동안 계단을 이용하지만 엘리베이터는 힘이 세다 불안조차 들어올린다

언젠가 한 사내가 엘리베이터를 타지 않고 지상으로 내려간 적이 있다 달을 향해 날아오른 사내는 높이를 실감하였다 베란다에서 남은 자들이 눈송이처럼 뿌려대는 울음, 그러나 엘리베이터는 몇 켤레의 구두와 아코디언 악보를 싣고 사라졌다 슬픔을 싣고 지하로 내려가 버렸다

3

아침마다 엘리베이터는 달을 싣고 지하로 내려간다 사람들을 사로잡아 1층에 내려놓는다 빛과 어둠의 경계에 부려놓는다

엘리베이터는 힘이 세다 무엇이든 실어 나를 수 있다 용량은 11인승 850킬로그램, 두근거리는 심장도 풍자의 입술도 그 무게를 넘지 못한다

북 치는 사내

때리면 운다, 그런 점에서
인간은 타악기처럼 다루어야 한다는 음악론을 펼치며
취한 사내가 연주를 시작한다
붉은 골목에서
여자가 갓 만든 북처럼 둔탁하게 울린다
자꾸 도망칠수록 이 바닥에 오래 남기 마련이지
북소리에 소매를 붙잡힌 사람들이 몰려나와
거리의 연주를 듣는다
온몸으로 우는 것이 타악기의 미덕이듯
빈 속으로 텅텅 울리는 북
사내의 손바닥이 두드릴 때마다
더 깊은 곳에서 소리가 흘러나온다
질 좋은 가죽이란 숱한 무두질 끝에 완성되는 법
북으로 말씀드리자면
사나운 짐승의 가죽일수록 깊은 소리를 낸답니다
뜨거운 울음을 집어삼킨 가죽만이
온전히 음악을 이해할 수 있죠
사내가 여자를 두드린다
아름다운 소리를 얻을 때까지 더 세게 더 경쾌하게

다들 안심하세요
능숙한 연주자는 북을 찢는 법이 없으니까요
찢어진다 해도 가죽 따윈 얼마든지 있답니다

나비

물과 공기의 경계에서 나비가 난다

꽃잎에 앉은 나비처럼 이제 사내는 물 속을 응시한다
들여다본 적 없는 심연
어둠을 오래 들여다보면 조금씩 환해지듯, 물 속도 오래 들여다보면
면
깊은 곳까지 밝아질까

먼 곳에서 물 길어 오는 짐꾼처럼
휘청거리며 온 길
오른손에는 삶을 왼손에는 죽음을 매달고
절뚝거리며 도착한 이곳

숨막히던 세월은 흘러갔다
자리를 양보하기 위해 귀를 열고 흘러나오는 소리와
배꼽을 열고 나오는 배고픔
물살 뿌리치던 시간도 손끝에서 떠내려간다

눈도 막고 입도 막고 귀마저 닫았으니
고통은 끝났다

두 팔도 날갯짓을 멈추었는데

꿀을 빠느라 정신이 팔린 나비를
두 손가락으로 붙잡아서 들어올리듯
누군가
사내를 물 밖으로 꺼낸다

나비는 꽃잎을 떠날 때 영혼을 두고서 날아간다

눈사람베이커리와 아프리카편의점

1

흰 가운을 입는다 눈사람의 몸통에 꽂힌 막대 같은 손으로 밀가루 반죽에 칼집을 내고 오븐에 넣는다 얼마 전 반죽덩어리처럼 누워 있던 아내는 일어나지 못했다 많은 칼집을 지닌 아내를 무덤에 넣고 봉분을 닫았다 익어가는 반죽덩어리에서 모락모락 사라지는 영혼, 노릇노릇해지는 몸, 오븐을 열자 열기가 쏟아진다 봄날의 눈사람처럼 땀이 흐른다 눈과 코, 끝내 온몸이 흘러내릴 것만 같다 밖을 내다보자 맞은편 편의점이 보인다 아르바이트생이 열어젖히는 냉장고 문, 저 얼음벽돌 속에 녹아내리는 몸을 집어넣고 싶다

2

편의점은 커다란 냉장고, 주인만이 플러그를 뽑을 수 있어요 천장 모서리에 걸린 볼록거울을 들여다보자 몇 달째 진열대에 처박혀 있는 정어리의 얼굴, 추위가 불러온 잠 속으로 몇 걸음 들어서다 화들짝 도망쳐 나와요 냉동차에 갇혀 죽었다는 사람이 떠올라요 냉기가 들어오지 않았는데도 얼어 죽은 사내, 그도 통조림에 갇힌 정어리를 떠올렸을까요 살갗에 얼음꽃이 돋아날 때 적도까지 헤엄쳐가는 꿈을 꾸었을까요 교대 근무자를 기다리는 아침, 동면에서 풀려난 물고

기처럼 피를 녹이고 싶어요 맞은편 베이커리, 아프리카처럼 뜨거운
저 오븐 속으로 헤엄쳐 가고 싶어요

3

눈사람베이커리와 아프리카편의점이
마주 보고 있는 골목
어쩌다 눈사람과 정어리의 눈이 마주친다
하나의 심장으로 서로 다른 표정을 짓는 샴쌍둥이처럼

유적지, 혹은 유형지

수십 기 고분이
크고 푸른 왕관처럼 펼쳐진 유적지에서
모형 금관을 쓴 아이들이 뛰어다닌다
누구나 왕을 꿈꾸었으며
실제로 누군가는 왕으로 죽었지

부드러운 붓으로 흙을 털어 내듯
무덤 안쪽
십 수세기 전의 죽음을 들여다본다
왕이시여
많은 자들은 살아서도 이만한 집을 가진 적이 없나이다
이만한 방문객을 맞은 적이 없나이다

그러나 비애의 빗금이 비켜가는 금관이란 없다
한때 슬픔으로 빛났으며
또 고통이 오래도록 머물렀을 금관
왕은 죽어서도 벗지 못한다
금관이 왕을 내려놓을 뿐

밖으로 나오자

들어가지 말라는 안내 표지를 무시하고
고분 위로 올라간 아이가
환하게 웃으며 미끄러져 내려온다

무엇인지도 모르고
금관을 머리에 쓴 어린 왕처럼

꽉 쥔 주먹처럼 의지 견고하게 할 것

나는 이 손으로 무엇을 할 수 있단 말인가

아주 커다란 손도 있다 한 번 휘두르면 길이 나고 바다에 띄우면 그
대로 배가 되는 손, 그 계곡에서는 물줄기가 흐르는데, 역사라고 불린
다는데

이 조그만 손으로 무엇을 할 수 있단 말인가

손은 연약한 도구에 불과하다 오므려보지만 물컵으로 삼기에도 작다
흘러다니는 운명이라고는 고작해야 목을 축이기에도 부족한데

겨울산에 오르자, 폭포가 꽝꽝 얼어붙어 있다 길게 펼쳤던 손가락을
오므려 주먹을 쥔 폭포, 울퉁불퉁 힘줄이 솟은 물의 팔뚝, 안쪽으로 흐
르는 뜨거운 혈관

즐거운 한때를 어루만졌던 손을 씻고 주먹을 쥔다 더 이상 운명을 신
뢰하지 않을 것이다 어떤 의지를 움켜쥐었을 때의 주먹은 견고하다 이
제 일격으로 몽상의 호숫가에서 물 마시는 저 물소들을 때려눕힐 시간
이다

꽉 쥔 주먹을 가끔 펼친다면 가족과 친구들의 손을 잡기 위해서일 것
이다

그동안 부족한 제자를 격려해주신 여러 선생님과 결점 많은 작품을
위해 기꺼이 통곡의 벽이 되어주신 심사위원 선생님께 감사를 드린다

생물의 마지막 순간 끈질기게 천착

　예심에서 골라준 시 작품들 가운데서 다섯 분의 작품들을 중점적으로 거론했다. 성동혁의 「렌터카를 타고」 외 4편은 장식적이거나 매끄럽지 않은 조립이 있지만 고통스러운 순간을 유희로 전환하는 유머가 돋보였다. 안웅선의 「미션스쿨의 하루」 외 4편은 간혹 서사를 기록할 때 어색한 문장들이 들어 있는 시편이 있었지만 미성숙한 사춘기 화자를 내세워 오히려 내면적 고투의 나날이 더 도드라져 보이게 하는 방법이 눈길을 끌었다.

　강윤미의 「소심한 소녀의 소보루 굽기」 외 4편은 암시성이 확장하는 폭은 좁았지만 지루한 일상에 발랄한 리듬과 어조의 고명을 얹어 아기자기한 서술이 되게 하는 상쾌함이 장점이었다. 박은지의 「서랍의 눈」 외 4편은 시에 산문적이고 설명적인 언술들이 섞여 들었지만 한 가지 사물이나 현상을 끈질기게 해석해 보려는 진지하고 성실한 자세가 눈길을 오래 머무르게 했다.

　유병록의 「붉은 호수에 흰 병 하나」 외 4편 모두가 절명의 순간에 바쳐진 작품이라고 해도 과언이 아닐 만큼 생물의 마지막 그 한순간을 끈질기게 물고 늘어졌다. 간혹 상투적 해석이 불필요하게 첨가되었지만 본심에 오른 작품 중에서 단연 시선의 깊이, 선명하게 떠오르는 이미지, 작품들 간의 질적 수준의 균질함, 서두르지 않고 차분하게 진행되는 묘사력 등이 탁월했다.

심사위원 : 최동호 · 김혜순

이길상

1972년 전주 출생
원광대학교 국문과 졸업
원광대학교 교육대학원 국어교육과 졸업
2001년 전북일보 신춘문예 시 당선
2001년 사이버 신춘문예 시 당선
2010년 서울신문 신춘문예 시 당선

bluecamellee@hanmail.net

■서울신문/시
속옷 속의 카잔차키스

속옷 속의 카잔차키스

잘 갠 속옷 속에는 영혼의 세숫물이 썩어간다
눈을 씻어내도 거리의 습한 인연들 내 안을 기웃거린다
내 폐허를 메울 사막은 그때 태어난다
반성하듯 내복을 차곡차곡 갤 때 올마다 낙타 한 마리 빠져나간다

밤, 속옷을 갤 때마다
개어지지 않는 내가 보인다
불운 견디게 하는 사막 풍경은 상향등처럼 켜지고
내 안의 나를 알고 있는 생이 뭔가 흘리면서도 아파할 것이다
서른 즈음에서 벗어나지 못하는 나
감히 물을 수 없을 때 부르튼 입술은 길을 알고 있었다

맹인 바구니의 노래가 퇴근하지 못한 마음에 파고들수록
노래 속 세상을 그쯤으로 짚으며 난 힘겹다
감이 잡힐 나이, 노래의 무거움은 몸 밖에서 온다
우산 안에서도 젖는 내일의 삶, 울음 삼킨 시늉할까
그래 달콤한 사막 밤의 모래폭풍은 고독으로 피어난다
몸 밖의 사하라, 헛것 두르며 새벽 추위마저 껴입는다
내 속 깊은 모퉁이는 안전하게 돌아나간다

안경은 양심의 속때, 나를 잘 아는 신발은 닳은 굽 한 장 더 깐다
사는 일로 얼어붙은 옥탑방, 열쇠 구멍 나를 열지 못했으므로
계단 낮아도 허공의 높이 착실히 밟아갔을 거다
응시할수록 더 귀먹은 삶의 발목
흩어질 가시나무 속에 내 얼굴 보인다

발목 깊이 쌓이는 생
추운 종아리의 살빛, 많이 본 듯할 때
책과 길마다 죽은 하늘이 펄럭인다
속옷을 갤 때 후회의 올마다 낙타, 낙타들 쉽게 빠져나간다
거죽만 진지한 나의 사막

잉카의 단추

작은 단추를 줍지 못하고
내가 떨어져 내렸다
창밖 평화로운 거리에 누군가 죽어 있으리라
도시의 불빛에 심장이 병들어갈수록 하루는 일정하게 유지되고
그 단추는 삶으로 막막한 가슴
바닥의 단추 더 가라앉고 있다

나와 가깝다고 느낄수록
열심히 살았다고 생각할수록 단추는 떨어진다
사소한 시름이 추락하는 마알간 얼굴을 본다
남미 노동자의 팔뚝에 새겨진 물고기가 수백 년을 날아가도
닿을 수 없는 불모지에 나도 살고 있다
고요한 자정의 환멸이 바로 단추다
그 사내의 잘린 손가락 행방을 나에게 묻고 싶다
나의 견딜 만한 설움이
팔뚝의 물고기를 고된 길로 몰아넣었을까
술 먹고도 아침을 바라볼 수 없는 눈빛이
배려의 순간으로 다가온다

마추픽추 흰나비 날개의 접지 못한 사연이 날개를 지탱한다

발목까지 차오르는 떨림이 죄스러울 때
인적 없는 복도, 빈 우유병에 든 일요일을 쏟는다
쉽게 주울 수 없는 저 단추, 죽은 하루를 깨우는 빛이 아닐까
오늘은 뜯긴 살점에 위로를 받는다
에잇 하며 던진 돌멩이 내 안에서 슬픔의 지느러미를 길게 편다
아문 상처로 물고기 울음소리 무겁게 새어나오고 있으리라
단추의 작은 구멍으로 더 곪을 것도 없이 곪아가는 시린 내 눈

오늘은 어디로 사라졌을까

회사가 돌연 사라졌다
중국집의 어색한 클래식 음악이 더 멀어보일 때
백화점 앞에 황소 한 마리가 나타났다
물러나면서 벽을 만드는 사람들
벽은 망원경이다
밤까지 소문이 사람들 가슴속에 머물렀다
기억하고 싶지 않은 기억만이 새벽까지 환하게 켜졌다
서울에서 웃는 항복은 새로운 음모다
순정한 것들이 당연히 돌아오지 않을 때
내 옆의 사람들도 자신이 사라졌다는 걸 알까
나를 증명할 수 있는 건 스스로 깨져
밝아지는 변기의 물
그 사실을 안 내가 사라졌으므로 서울은 완벽하게 정상이다
경계가 지켜주는 이 평온
우린 잘 알고 있기에 모를 수밖에 없다
주위 사람들이 증명해주지 않으면 사라지는
내 존재의 불안
사막은 가깝기에 멀다
음악, 책, 사람들이 한줌 모래여서 모래로 느껴지지 않는다
교양센터를 나온 발자국들

하필 오토바이와 함께 신호등을 건너는 걸까
가장 아득한 날도 평범한 거리일 거다
오늘은 가슴속 깊이만큼 살아 있을 테니
사람들, 백화점 밖 허공의 세상을 건너갔다
시간은 갑자기 흘러간다

백지 날리는 길 위에서

공터의 새들마저
점자 같은 세상을 읽고 날아간 밤
아무도 없는 어둔 도로 위로
백지가 날아다녔다

고요한 저 길 위에 분명 행복한 사내가 죽어 있었으리라
사내는 죽어가면서도
단아하게 삶을 붙잡고 있었을 것이다
길 위에서도 편안하게 누울 수 있었을 테니
그는 유서를 쓸 필요가 없었다
그때 손에서 빠져나가는 백지

가슴 안까지 곪아 더 이상 찢길 게 없기에
행복의 빛이 새어나왔을까
삶이란 죽음으로 맑게 깨어 있기도 하므로
마지막 동전 몇 개로 때우는 라면에
가족의 얼굴들이 딸려 올라왔다

사라지는 사람들은 항상 비장했고
제 안에 길을 만들었을 그

쪽방 세숫대야의 꽃잎, 배불리 달빛 두드렸다

백지가 날리기 시작했다
세상의 길은 사람들 잠 속까지 깨어 있겠고
밤, 말씀이 써진 백지가
불빛을 지우며 길을 찾고 있었다

벌레는 거미줄에서 웃는다

거미줄의 거미는 자신이 거미인 줄 모른다
거미라는 이름의 벌레가 그물에서 굳어갈 뿐
스타 학생이 학생들 관심 밖에서 거미줄을 탄다
벼랑이 있어 공중의 길은 더 안전하다

스타는 건조하게 나부끼는 몸을 더 펼친다
교실 안은 이미 그물이다
미소만큼 완벽한 가면은 없다
스타가 외톨이를 위해 친구들에게 미끼를 놓는다
안전할수록 안전망의 경계는 제 몸을 가린다
가면을 벗은 표정은 더욱 변형된다
가까우면 춥고 너무 멀면 다 타버린다
역의 역을 치는 가면의 진짜 얼굴
상처 되지 않는 거리距離가 뼈아프다

미끼 밖의 미끼
외톨이에게만 친구들이 다가온다
홀로 된 스타
가면들을 벗는 순간 가면의 체온은 유지된다
몽우리 잡힌 마음이 화사하게 핀다

혼신의 힘으로 녹아내려야 하는 자신의 길

거미줄 아래 벼랑마저도 삶이다
유명인의 광고탑 불빛이 멀어질수록 더 가깝게 보인다
공중의 길은 위험한 만큼 바로 광고탑에 닿는다
거미는 공중의 비밀번호를 가지고 있다
가까우면 춥고 너무 멀면 다 타버린다

살아 있는 휠체어

그 집은 건장한 사내가 주인이다
방엔 수백 켤레의 구두가 놓여 있었다
휠체어가 구석에 박혀 먼지 뒤집어쓸수록
구두는 늘어갔다
사내의 구두들은 극적인 행운을 꿈꾸는 시간이다

다리가 나은 후부터 사내는
오히려 휠체어를 탄 게 아닐까
자신의 상처가 빨리 나았다고 생각되는 순간
휠체어 신세가 된 거다
휠체어 속에서 놓친 행복이 홀로 익어갔다
자신의 발에 맞는 아름다운 구두는 없을 거다

역驛에서 구두 한 짝 잃어버렸다는 사내
새벽까지 그것을 찾아 헤맬 때
구두가 아니라
병든 삶 속을 헤매는 게 아닐까
정신 말짱하게 취해가는 그
제 안의 욕망을 건너가고 있었으리라
건장한 사내, 자꾸 주저앉았다

죽은 생이 신발을 쑥 신어본다

시가 말하지 않을 때 시가 왔다

야구 시즌이 끝나고서야 잠자리가 사라진 걸 알았다.

인적 없는 공원. 불빛만이 맑게 새어나왔다.

내가 나를 피해 다녔으므로 바람 한 장도 햇살처럼 빛났다. 시를 쓰고 있었지만 시는 좀처럼 내 안으로 들어오지 않았다. 어둠 속에서 보이는 건 언제나 나였고 시는 아무 말도 하지 않았다. 그때가 쓸 시간이다.

볼륨을 줄인다. 바흐의 골드베르크 변주곡을 듣는다. 내 숨결에 따라 소리가 변하는 변주곡.

대문에서 쉰다. 나가는 것도 들어오는 것도 아닌, 그때 골드베르크가 흘러나온다. 여기 대문 앞에서 모든 게 시작되는지도 모른다. 이미 문이 닫히고 길은 사라지고 없다. 저기 까맣게 타는 불빛이 길이 되는 건 아닐까.

우선 묵묵히 지켜봐주신 부모님께 감사드립니다.

부족한 시를 뽑아주신 심사위원 선생님들께 감사드리며 정배, 윤미, 의주, 재호, 석진, 많은 힘이 되어준 성우 형에게 고맙다는 말을 전합니다.

채규판 교수님과 정영길 교수님께 감사의 마음을 전하고 싶습니다. 저를 시의 길로 이끌어주신 강연호 교수님, 열심히 쓰겠습니다. 지켜봐주실 거죠?

거친 행간, 오늘보다 내일에 더 기대

시를 읽고 쓰지 않아도 시간은 잘 흐르고 아이들은 자라고 경제는 미세하게나마 성장한다. 시하고 상관없이 삶은 잘도 돌아간다. 그리 시적인 나라는 아닌 것 같은데 시를 쓰는 사람들은 여전히 많다. 놀라운 일이다. 이 땅을 마지막 시의 나라라고 불러도 지구인 중에 시비를 걸 자는 없을 것이다. 한국시의 풍요와 다양성을 이번 심사에서도 확인할 수 있었다.

본심에 열여섯 분의 작품이 올라왔다. 이 중에서 류성훈, 강윤미, 김희정, 최설, 손현승, 이길상 씨의 작품을 1차로 골랐다. 모두들 중요한 패를 하나씩은 움켜쥐고 있었다. 심사를 하는 사람의 취향에 따라 당선자가 얼마든지 바뀔 수도 있다고 보았다. 우리는 지금 여기에서 가장 시적인 것은 무엇인가를 논의했고, 자신을 변화시키고 갱신할 뒷심이 있는가를 판단의 기준으로 삼기로 했다.

손현승 씨의 시들은 안정된 호흡을 유지하고 있으나 어떤 규격화된 틀 속에 갇혀 있었다. 시에 가한 바느질 솜씨를 들켜서는 안 될 것이다. 선배시인의 흔적을 채 지우지 못한 점도 지적되었다. 이와는 전혀 다른 세계를 보여준 최설 씨의 시는 시적 대상을 해석하려는 끈질긴 탐구심이 볼 만했다. 그러나 사유를 서술하는 방식이 일방적이어서 건조하다는 느낌이 들었다.

당선작으로 뽑은 이길상 씨의 「속옷 속의 카잔차키스」는 때때로 거친 어휘와 난해한 이미지가 날것으로 드러나 있으나 속에서 올라온 어떤 '찐한 것'이 스며 있는 시이다. 자아가 세계를 통과할 때의 단절감을 여과 없이 드러내면서 일상 속에서 자기반성을 철저하게 밀어붙인 점을 좋게 읽었다. 안전하고 매끄러운 것보다는 불안하고 거친 것을, 오늘의 시보다는 내일의 시를 택한 결과다. 축하한다. 이제 좋은 시인으로서 그가 응답할 차례다.

심사위원 : 황지우 · 안도현

이만섭

1954년 전북 고창 출생
2010년 경향신문 신춘문예 시 당선

12125411@hanmail.net

■경향신문/시
직선의 방식

직선의 방식

직선은 천성이 분명하다 바르고 기껍고,
직선일수록 자신만만한 표정이다
이는 곧, 정직한 내력을 지녔다 하겠는데
현악기의 줄처럼 제 힘을 팽창시켜 울리는 소리도
직선을 이루는 한 형식이다

나태하거나 느슨한 법 없이
망설이지 않고 배회하지 않으며
좋으면 좋다고 싫으면 싫다고 있는 그대로 드러내는
단순한 정직이다

밤하늘에 달이 차오를 때
지평선이 반듯하게 선을 긋고 열리는 일이나
별빛이 어둠 속을 뻗쳐와 여과 없이 눈빛과 마주치는 것도
직선의 또 다른 모습이다

가령, 빨랫줄에 바지랑대를 세우는 일은
직선의 힘을 얻어
허공을 가르며 쏘아대는 직사광선을
놓치지 않으려는 뜻이 담겨 있다

그로 인하여 빨래는
마음 놓고 햇볕에 말릴 수 있을 것이다
바지랑대는 빨랫줄로 말미암고
빨랫줄은 바지랑대 때문에 더욱 올곧아지는
그 기꺼운 방식

그루터기

　나무는 죽어서도 풍장을 치른다 밑동이 잘린 채 뼛속 깊이 생의 이름을 쓴다 살아서나 죽어서나 나무라는 말로서 그 이름을 대신한다면 굳이 죽었다고 말하는 것이 온당할까, 생을 움켜쥐고 수원지를 찾아 헤매던 뿌리는 지금쯤 어떻게 되었을까, 땅속 깊이 박힌 채 몸의 중심부에서 여전히 무슨 소식이 오길 기다리는 것은 아닐까, 베인 밑동은 깊은 고뇌에 들었다 살아 잎을 틔워 꽃을 피우고 열매를 맺었건만 수액을 나르던 등걸은 잘려나가고 화살의 과녁처럼 나이테만 동그마니 남았다 그 표적에 앉아 세월의 출구 쪽으로 귀를 연다 똑,똑, 석회암 동굴에서 종유석을 키우는 물방울 소리, 오랜 세월 풍찬노숙으로 키운 얼마나 애써온 생인가, 생명을 지키던 가쁜 숨소리가 전류를 머금은 코일처럼 찌릿찌릿 감겨온다 생을 그리 내주고도 표정은 이처럼 담담할까, 누구나 삶의 단층을 들여다보면 그곳에 생이 지니고 온 지도가 혈류처럼 간직되어 있다 더 굵게 더 광활하게 그러니까 생은 둥글기 위해 살았던 것이다 나무 한 그루 자라서 베어질 때까지 평생토록 하늘을 향해 생명의 문장을 써온 것이 그 이유라면 이제 몸의 가장 낮은 자리에 중심을 내려 저렇게 나이테만 남기고 피안에 들었다 나무가 생의 이력을 극명하게 보여주고 있다

실밥

허름한 옷에서 밥 짓는 냄새가 솔솔 난다
한 몸 가리어 풍상을 견디다 보니
뜯긴 솔기 사이에서 앵돌아 나오는 밥
기제사에 메를 짓고 내오듯
밥은 끈기 잃어 퍼석퍼석하다
그간 옷은 얼마나 말 못할 거식증에 시달린 것일까,
육감적으로 부끄러운 표정이다
몸의 접경지대에서 오랜 세월 부지하며
어미의 탯줄 같은 실을 빌어 옷을 먹여 살리더니
이제 저렇게 고수레처럼 문 밖에 내놓는다
산 목숨인들 밥 거두면 그만일진대
아무리 옷인들 아니 그럴까,
세월마당에 낡아진 옷이
실밥을 지어놓고 도대체 후줄그레하다

조용한 닿소리에 젖다

성찬의 언어조차 찌든 말로 풀어 쓰는 우리말이 홀대받는 이 어눌한 시대에 온갖 허접스러운 된소리에 멀쩡히 먹어간 귀가 일상의 귀살쩍은 소음이 사라진 저녁에서야 창호지의 고막을 가만하게 여닫으며 섬돌 아래로 말갛게 내리는 찬이슬 소리를 듣는다 겨우 명징하게 들리는 저 가느다란 닿소리는 진종일 누구 하나 귀 기울여주지 않던 명지바람이 흔들고 가는 하찮은 들풀이나 들려주는 예사말 같지만 담장 넘어 사라진 재넘이 편에 안겨오는 닿소리다 소금쟁이 놀고 떠난 연못의 파문이나 배추흰나방 날아오른 청무 밭에 너울 짓는 푸성귀의 주파수 같은 소리를 소음에 찌든 세상은 한 번 들어 보았으면 두 귀를 막으면 웅웅거리는 소리가 지구가 자전하는 소리라던 어릴 적 말처럼 귀 안에 그처럼 거대한 소리가 살고 있어도 내색하지 않고 예사소리로 듣고 싶은 귀, 저녁의 처마 밑에 사그락사그락 달빛 내리는 소리며 정원 한곳에 여릿여릿 꽃잎 열리는 소리며 연음으로 발성하는 나지막한 닿소리가 이 저녁 귓전에 조용히 속살거린다

바람의 형용사

한 무리 되새 떼가 군무를 짓자 허공은 재빠르게 그물을 거둬간다

아구 같은 입 속으로 들어가버린 새 떼들,

새 떼들은 잔잔하다 싶으면 언제고 깃들어와서 날갤 파닥거리다
가 사라지곤 한다

저 홀연하고 기이한 몸짓은 허공이 비어 있는 내막이다

한 마리 새의 날갯짓인들 허공은 마다했던가.

안개의 전모全貌

일찍이 그는 허공에 몸을 신전으로 세워 경계를 잴 수 없는 너비의 휘장을 두르고 무심과 무심 사이를 넘나들다가 가시권이 혼미해지자 그만 자취를 감춰버렸다.

아무도 흔적을 찾을 수 없었고 실종에 연루된 자들마저도 명백하게 밝히는 일은 주검일 것이라며 모두 음모에 휘말린 피해자들이라고 항변하였다.

가까이 가면 멀어지고 돌아서면 에워대는 겉표정은 그대로인데 대체 어디로 숨어든 것일까,

한치 미동 없이 희뿌옇게 잠긴 풍경은 무침 주사를 맞고 누워버린 모르핀 환자처럼 무기력한 채 눈빛만 가물거리다가 마침내 기다란 강둑도 그 건너 울창한 숲도 모조리 가시권 밖으로 사라져 갔다.

삶이란 참으로 미혹하고 신비하다 늘 보이지 않는 형상과도 우리는 얼마나 많은 것을 공유하며 살아가지 않는가, 그러면서도 아무렇지 않은 듯 지내는 일이 비단 어제오늘의 일이 아닌 것을

제 신전 앞에서조차 미혹에 휩싸여 경배에 든 저들의 해명 못할

태도가 비록 자신의 꾀에 속는 어리석은 짓이라 해도 언젠가 햇빛 앞에 소상히 밝혀지면 투명하고 참다운 세상을 꿈꾸었던 것임을,

시는 내 존재감을 지켜주는 힘

낮에 마트에 갔다가 혹한에 얼어 제값을 못 받게 된 포도를 샀다. 철은 지났을지라도 얼핏 포도주를 담그면 괜찮겠다는 생각이 들었던 것이다. 아내도 그러자고 이내 고갤 끄덕였고, 예전에 포도주를 한두 번 담근 적이 있었는데 실패한 원인에 이것으로 맛을 내보겠다고 맘을 먹었던 것이다.

그런 와중에서 당선 연락을 받았다. 축하 전화를 받고서도 가슴이 먹먹했다. 마음을 가다듬어 먼저 아내에게 전화했다. 그리고 시의 끈을 놓지 않았던 나를 잠시 돌아보았다.

오랜 세월 그 무엇도 되지 않는 것에 대해서 집착해 온 이유라면 시는 내 존재감을 지켜주는 힘이 되었던 듯싶다. 더불어 시를 써오면서 늘 객관성에 대해서 고민해왔다. 정말 새롭고 싶은데 쓰고 나서 보면 그렇지 않고 활자의 나열 같다는 생각이 들 때는 괴로웠다. 언제쯤 새로워질수 있을까.

적지 않은 나이에 이 마음을 조금이나마 덜어낸 기분이다. 이 시점에서 이것을 자유라고 말해야 좋을는지, 철 지나 담근 포도주일지라도 잘 숙성시켜 맛 좋은 술을 빚고 싶다. 좋은 시, 공감하는 시를 쓰고 싶다.

나의 벗 고광욱, 이기영, 그리고 김길주 선생님. 박숙인, 이양덕 문우님, 시와 공간 회원님들과 기쁨을 함께하고 싶습니다.

졸시를 뽑아주신 심사위원님, 경향신문에 감사드립니다.

닳도록 갈고 닦은 안정감
다른 세계로의 비상 기대

　본심에 스물세 분의 시가 올라왔다. 풍작이다. 전체적으로 두드러진 경향은 시들이 산문적이라는 것이다. 산문으로 풀더라도 시로서 자기 부양력이 있어야 한다. 그런데 많은 경우 서술에 그치고, 서술하다 보니 설명이 되고, 설명하다 보니 추락했다.

　처음 걸러 열두 분의 시가 올랐고 거기서 정창준(「누이의 방」 외), 이현미(「자장가」 외), 강다솜(「그림자 위로 내리는 눈」 외), 이만섭(「바람의 형용사」 외) 이렇게 네 분이 남았다. 모두 내려놓기 아쉬운 분들이었지만, 신춘문예 당선작은 한 편만 실리는데 한 편으로 스스로를 지탱할 만한 표면장력이 제일 센 분이 이만섭이었다. 다른 세 분의 시들은 응모한 여러 편 속에서는 유니크한데, 한 편을 세우기에는 좀 약했다.

　정창준의 시들은 도드라진 구절도 많지만 '자기 것'이 없어 보이기도 한다. 예컨대 「빈센트 반 고흐」 같은 시는 고흐를 꿰뚫는 정창준이 있어야 하는데 너무 고흐에게 기댄다. 강다솜은 시를 일순에 성립시키는 능력이 있다. 그의 시구들은 주위의 단어들을 끌어당겨 수렴하는 자성을 띠고 있다. 그런데 거기에 감탄하자마자 바로 이어 무리한 메타포가 독자를 어리둥절하게 만든다. 예컨대 「그림자 위로 내리는 눈」에서 "발자국 속에 갇힌 공룡의 그림자가 중생대에서부터 이 저녁을 덮고 있다"는 무슨 다 된 밥에 재 뿌리는 말씀인지. 그리고 "고요의 발자국 소리가 생긴다" 같은 구절은 발랄한 상상력이라고도 할 수 있지만 붕 떠 있다. 시라는 게 부력이지만, 그 아래 하중을 못 받으면 사라져버린다. 우리 기성시인도 명심할 일인데 단어 하나하나, 이미지 하나하나, 메타포 하나하나, 시인이 감당하고 책임질 수 있어야 한다. 이현미의 「자장가」는 발랄하고 새롭다. 그 조를 밀고 나가기를 기대한다.

　당선작 「직선의 방식」의 시인 이만섭에게서는 붓이 닳아지도록 그림을 많이 그린 화가가 느껴진다. 안정감이 있다. 그런데 그의 포에지랄지 시상이 한 지점에서 맴돌고 있다. 말하자면 거듭 부연하고 있다. 만만찮게 여겨지는 그의 역량이 그에 대해 스스로를 어떻게 설득하고 깨뜨려 다른 세계를 열어줄지 궁금하다. 축하드린다.

심사위원 : 황지우 · 황인숙

시조

신춘문예 당선 시조

김대룡

1983년 전남 목포 출생
경기대학교 국문과 · 문창과 졸업
대한민국 육군학사사관 48기 · 중위 전역
2009년 중앙일보 중앙신인문학상 시조 당선

maria831011@hanmail.net

■중앙일보/시조
겨울 폐차장

겨울 폐차장

길을 깁던 바퀴들이 층층이 쌓여 있다
수런대는 바람 사이 조등은 살을 깎고
겨울밤 몸을 부비는 수의 입은 일가—家의 산

맨 처음 어디에서 여기까지 온 것인가
지게차 꼬리 무는 운구 행렬 곡哭도 없다
몸 눕힐 저 그늘 묏자리 망초꽃 다 내주고

늘 한 뼘씩 앞서려던 녹물 고인 도로 끝
슬관절 삐걱이며 계기판도 멈춰 섰다
아버지, 잠의 집 끌고 그 산에 당도했을까

지상의 집들은 다 흔들리기 마련이지만
그래 그래 끄덕이며 사람들은 돌아가고
이제사 몸을 눕히는 용광로 속 등뼈 하나

겨울의 시詩

우물에 빠진 시구詩句 길어내지 못한 날은
초겨울 먹자골목 석쇠를 뒤집는다
뚝배기 끓어 넘친다 은유의 포말을 걷고

떠난 자리 가문 땅에 마중물로 퍼올리듯
행간을 눈금 삼아 빈 잔을 채워두고
가만히 이는 불씨를 꺼질새라 보듬는다

시집 갈피 새겨 놓은 행간을 헤집으며
풋내 나는 미사여구, 너를 생략한다
펜촉에 둥글게 닳아 눈을 뜨는 여린 말문

차가운 불빛 사이 초승달로 떠오르는
화폭의 여백 위에 전각으로 찍고 싶다
심장에 꽂혀도 좋을 푸른 비수, 종장 한 줄

말에도 길이 있다

쨍그렁 종소리에 철도르레 돌아가는
네팔의 산간지대 허공의 비백* 속
아슬한 필라멘트 같은 꽃의 말들 위태하다

발자국 류쉬*처럼 바장이는 에베레스트
커서마냥 발을 떠는 말과 길의 너울이여
소로길 바람 좇는 나, 꿈길이듯 벼랑에 서다

댓글을 희망 삼아 딛고 오른 어스름녘
스냅 사진 한 귀퉁이 등불 몇 개 걸어 놓고
소슬히 흐르는 쪽으로 시간의 귀가 환하다

* 비백 : 붓 끝이 마르거나 거칠어 획을 그을 때 희게 나오는 부분.
* 류쉬 : 계곡 사이 철도르레와 줄로 만든 운송 수단.

통닭집에서 봄을 만나다

옥탑방 조등弔燈마냥 건들바람 귀를 달고
사진 속 고운 살결 달무리빛 여전한데
수척한 봉분 하나가 아가미를 여닫는다

기름기 묻어나는 닭껍질을 벗기다가
외쪽 가슴을 가진 여자를 슬쩍 본다
들국菊은 무성히 지고 가을 강도 혼자 앓고

밑불처럼 번져 있는 돌올한 뼈 무덤 위
핼쑥한 하현달이 모포 위를 쓸고 간다
미완성 데칼코마니 아스라한 저 비등점!

발의 기억

철야 행군 길섶에서 전투화 한 쌍 본다
다붓하게 목을 맞댄, 갈기를 바짝 벼린
놀빛이 깊은 골물에 해진 몸이 호젓하다

닳아버린 고무 밑창, 뒤축은 젖어들고
모둠발로 도두 밟는 배냇적 발굽소리
양말이 낡은 허물인 양 몸의 기억 품고 있다

붉게 녹슨 귀울음은 빈 하늘 파문일까
없는 길을 기워내는 철조망 너머 철새들
기수旗手는 선잠에 들어 지금 잠시 꿈결이다

두텁게 숨겨진 못다 벼린 바람길에
힘줄 도드라져 마디마디 매듭지고
잦아든 맥박소리에 식은 목을 앙군다

틈새, 길을 보다

어둑발 틈새 비집는 시장기에 목마르다
낮도 밤인 불황의 시장통 빠져나와
말 없는 히치하이크, 익명이 그리운 시간

벌거벗은 사람들로 만석인 포장마차
참깨 고명 수북하게 쏟아지는 언어들
그렇게 악취 속 시간은 제자리를 찾는다

각기 다른 문양의 손금은 닳아가고
반비알진 그 길 위로 사붓이 발 내딛는
쓰러진 술병들 사이 아른한 방위여

손님과 잡상인의 실랑이가 잦아들자
굽은 허리 더듬는 듯 볼륨은 높아간다
미로 앞 네비게이션 봄꿈들이 찬란하다

시조의 발자국을 뿌리 깊게

5년 전부터 중앙시조백일장과 맺어 온 인연.

해마다 세밑 즈음 그 문턱만을 서성이며 돌아섰던 아득한 밤이 떠오릅니다. 비로소 오늘, 그 문을 열고 들어선 기쁨에 이마 언저리가 푸르러지는 느낌입니다. 조금은 어둡고 초조했던 혼자만의 시간들. 그늘이 넓은 나무일수록 이파리가 무성하다는 것을 시조와 더불어 애태운 시간을 통해 새삼 깨닫습니다. 시조를 통해 담고자 하는 언어의 이파리가 아직도 변변찮은 사실에, 우듬지 쪽부터 쏟아지는 햇살이 하마 부끄럽습니다.

사치스럽지 아니한 서정의 울타리에, 과장된 건더기가 넘치지 않는 맑고 따뜻한 국이 되겠습니다. 조촐한 밥상일지라도, 문학으로 소외된 이들의 목마름을 적셔줄 줄 아는, 작지만 당찬 시인으로 거듭나겠습니다. 언제나 힘이었던 가족과 친구, 손잡아 올려주신 심사위원 선생님들과 중앙일보사, 게으른 제자를 믿어 의심치 않으셨던 이지엽 선생님께 시조의 발자국을 뿌리 깊게 남기겠다는 약속으로 마음의 큰절을 올립니다.

시상 이끄는 섬세한 상상력 빛나

　월별 백일장을 통해 검증된 응모자들의 작품이라 우열을 가늠하기가
어려웠다. 작품마다 오랜 숙련의 진지함과 감각의 새로움을 위한 노력
이 뚜렷했다. 심사위원회에서는 중앙신인문학상의 영예가 아깝지 않은
당선작을 가리기 위해 투고된 모든 작품을 정독했다. 1차 심사 결과 김
경숙 · 김대룡 · 서덕 · 유선철 씨의 작품이 주목되었다.

　열띤 논의 과정을 거쳐 다시 김경숙 · 김대룡으로 압축되었다. 김경
숙 씨의 작품은 발상과 감각적인 표현 등 작품의 밀도가 돋보였다. 김
대룡 씨의 경우는 보내온 작품 전반의 완성도가 두루 뛰어났다. 언어의
균제에 부드러움을 겸비하여 작품 세계의 진전이 확연하다는 데 의견
의 일치를 보았다.

　당선작 「겨울 폐차장」은 시상을 끌고 가는 섬세한 사유의 힘을 느끼
기에 부족함이 없다. 겨울밤 층층 쌓인 "일가—家의 산"을 비루한 삶이
"몸 눕힐" 묏자리로 육화하면서 아버지의 죽음을 '폐차장'과 중의적으
로 연결한다. 더욱이 아버지의 "잠의 집"을 끌던 산이 "용광로 속 등뼈"
를 만나 쓸쓸함과 슬픔을 넘어 자기 성찰로 나아가는 데서 의식의 밀도
를 엿볼 수 있다. 눈부신 개성의 성취로 정형 미학의 새로운 길을 열어
가길 바란다. 당선권에서 놓아버린 작품들이 아쉽다. 타협과 안주가 아
닌 자기 갱신의 분발이 있기를 기대한다.

심사위원 : 박기섭 · 정수자 · 박현덕 · 강현덕

김환수

1962년 경북 고령 출생
민족시사관학교 회원
2010년 부산일보 신춘문예 시조 당선

hskim2909@naver.com

■부산일보/시조
해토머리 강가에서

해토머리 강가에서

갯버들 가장귀에 물구나무선 눈먼 햇살
풋잠 든 하얀 잎눈 이따금 들여다본다.
도톰한 봄의 실핏줄, 돋을새김 불거지고.

물비늘 풀어헤친 낯익은 수면 위로
명지바람 건듯 일어 빗살무늬 그려내고
웅크린 이른 봄날을 종종걸음 재우친다.

귓가에 기웃거리는 자갈밭 여울물 소리
백일 남짓 어린애가 옹알이하듯 재잘대고
산그늘 조금씩 끌어당겨 정수리를 덮고 있다.

몇 겹의 물굽이가 수만 번 날을 세워야
딱지 앉은 상처처럼 푸른 문신 새겨낼까
겨우내 숨죽인 강물, 접힌 허리 쭉쭉 편다.

가창오리의 비상

지진 해일
황톳물 풀어놓은 해 저문 텅 빈 하늘
집채만 한 쓰나미가 잔물결 집어삼킬 듯
온몸을 바르르 떨며 생의 너울 몰고 온다.

피라미 떼
예닐곱 살 어린애가 물고기를 모는 건지
물풀 찾아 숨어드는 갓 태어난 피라미 떼
바위틈 어미 청호반새 숨죽이고 노려본다.

가랑잎
앞다투어 달려가는 구멍난 가랑잎이
다 해진 골목길을 비질하듯 지나가고
어둑한 저녁 나절에 띄워 보낸 가을 안부.

초서草書
일흔 넘은 울 어머니 붓글씨를 쓰고 있다.
비온 날 담장 밑에 큰 지렁이 기어가듯
거꾸로 매달린 글씨 되새기는 저 흘림체.

연薦

연줄 감은 육모얼레 꼬박거리는 가오리연
가쁜 숨결 휘몰아 쉬며 생의 굴곡 헤쳐가고
가슴 속 한 매듭 옹이 풀었다가 되감는다.

누 떼가 강을 건너다

너덜해진 대평원을 잔달음쳐 오른 강둑
자귀를 짚다* 보면 초벌구이 해는 뜨고
몇 가닥 구불텅한 행렬, 대로 위에 몰려든다.

놀치는 앞녘 강에 허기진 몸 부려놓고
그예 그리 지켜봐도 물안개 피어날까
온 세상 집어삼킬 듯 능청스런 저 물살.

망설이다, 망설이다 푸른 물속 뛰어들 쯤
지축 흔든 천둥 번개 강바닥이 갈라진다,
솟구쳐 등줄기 세우고 하루 하루 가야 할 길.

급물살 헤쳐 가며 강 건너온 저 누 떼가
물기 젖은 가슴 털고 목청껏 울음 울까
마침내 긴 풀숲 찾아 먼 길 떠날 채비한다.

*자귀를 짚다 : 짐승의 발자국을 따라 찾아가다의 우리 텃말.

김환수   179

설해목의 뒷등

야생의 짐승처럼 몸 웅크린 산등성이
저녁놀 내려앉은 앙상해진 풍경 너머
허리끈 질끈 동여맨 한 사내가 서성인다.

텅 빈 가슴 그 언저리 허튼 욕심 앞혀 두고
생의 온기 바투 잡은 재바른 저 손놀림
얼었던 시간을 데우며 무릎 관절 펴고 있다.

느릿한 걸음으로 다가서던 지친 하루
비늘 덮인 자리마다 푸른 힘줄 돋아나고
층층이 딱지 앉은 상처, 차오른 숨 다독인다.

타다 만 숯검정의 툭 불거진 마른 등허리
시린 뼈 마디마디 칼바람이 파고들 쯤
다 낡은 외투 걸치고 쿵쿵 앓는 울 아버지.

안심늪*의 여름

삭정이 끝 고쳐 앉은 얼룩무늬 깃동잠자리
여름 한낮 들쳐 업고 텅 빈 하늘 토닥인다.
덤불 속 파고든 햇살 다급하게 물길 열고.

반쯤 비운 늪물 바닥 품안 가득 끌어안고
덕지덕지 박음질한 갈맷빛 저 양탄자
쇠물닭 날갯짓하듯 잠든 늪도 뒤척인다.

오그라든 연잎 등에 허리 기댄 애기부들
서걱대는 갈잎 소리 독경讀經처럼 들려오고
땀 배인 어깨를 털며 꽃대 하나 물어내나?

소리 죽인 수면 위를 성큼 걷는 소금쟁이
발목 젖은 수양버들 하얀 속살 드러내고
퇴화된 그늘진 발자국 늪의 일기 쓰고 있다.

* 안심늪 : 대구광역시 동구 대림동 소재.

김환수   181

토우의 미소

곱게 빗은 머리카락 일매지게 묶어 두고
가는 허리 곧추세운 선한 눈빛 토우 여인*
때 절은 시간의 주름살 층층이 쌓여 있다.

가는 입술 살짝 가린 넉넉한 소맷자락
젖빛 고운 환한 표정 온몸 가득 번져오고
치마 끝 삐죽 내민 발등 이른 봄 잎눈 같다.

작고 여린 숨결 소리 가만가만 지켜보며
땅거미처럼 다가오는 한 가닥 굵은 설렘
뭇 사내 빈 가슴마다 잉걸불을 활활 태운다.

소리 낮춘 목소리로 갈색 바람 불러와서
잘 여문 가을 햇살 흰 목덜미 간질일 쯤
네모난 내 얼굴에도 너털웃음 피어난다.

* 토우 여인 : 경주 황성동에서 발굴된 7세기경 신라 토우.

자그마한 꽃대 하나

갑자기 몰아닥친 한파가 살을 에는 늦은 오후에 한 통의 당선 전화를 받았습니다. 우리 민족의 고유한 문학양식인, 전통과 조화를 이룬 현대시조가 3장 6구 정형의 틀 속에 언어의 압축미를 통한 하나의 작품이 완성되어 가는 그 매력에 푹 빠졌습니다. 시조와 함께한 지난 4년이 너무나도 빨리 지나간 것 같습니다. 노숙자 무료 급식소에 관한 작품을 써놓고 직접 현장에 가서 자원봉사를 하던 일, 여름날 산과 들로 나가 여우비 맞던 일, 박물관에 들러 유물을 관찰하던 일 등등 시조가 내 몸 속에 자리잡고 자그마한 꽃대 하나를 밀어 올리고 있는 것을 이제야 알겠습니다.

지난 5월에 돌아가신 아버지 생각이 무척 납니다. 3년 반의 투병 생활을 하면서 힘든 모습을 한 번도 내색하지 않고 몸을 낮춰 행동하라고 늘 당신보다 자식 걱정만 하던 아버지, 고통 없는 세상에서 편히 계실 아버지를 생각하며 큰 소리로 부르고 싶습니다. '아버지 사랑합니다.'

설익은 작품을 뽑아주신 부산일보와 심사위원 선생님, 저에게 시조의 길로 인도해주시고 이끌어주신 윤금초 교수님께 고개 숙여 감사의 말씀 올립니다. 민족시사관학교 선배 문우들께 영광을 돌리고 싶고 시골에 홀로 계신 어머님과 말없이 지켜봐준 가족들과 이 기쁨을 나누고 싶습니다.

'언어예술' 원론적 명제 충실

　우리 모국어가 시조의 형식미학의 천착을 통해 더욱 아름답게 정제되기를 바라면서 금년도 신춘문예 심사에 임했다.

　올해의 응모작 350여 편을 꼼꼼하게 다 읽고 난 후 네 편을 뽑아들었다. 「매화」(이성배), 「새우」(서상규), 「구상나무, 적멸에 들다」(김봉집), 「해토머리 강가에서」(김환수)가 최종심에 오른 작품이다. 「새우」는 착상과 상상력의 전개가 이채롭다. 새우가 지닌 C자형의 모양과 웅크린 노숙자의 잠자는 자세에서 유사성을 찾아 현실문제를 부각시킨 점을 높이 평가한다. 그러나 시의 메시지가 좀더 명료한 이미지로 직조되었으면 하는 아쉬움이 남는다. 더욱 정진하면 좋은 시조시인이 될 것 같다. 「매화」의 작가는 시적 감수성은 뛰어나지만 아직 표현의 미숙성이 가시지 않고 있다. 그러나 "매화는 겨울의 뼈로 녹여 만든 꽃망울"과 같은 이미지는 그의 시적 재능을 가늠케 한다. 마지막까지 남아서 경합한 작품이 「구상나무, 적멸에 들다」와 「해토머리 강가에서」이다. 「구상나무, 적멸에 들다」는 선이 굵고, 깊은 사유와 정신의 기개를 느끼게 하며 시적 에너지가 충일한 반면, 「해토머리 강가에서」는 보다 섬세한 감성으로 언어미감에 충실하며 이미지의 조형이 탁월했다. 시는 언어예술이라는 원론적 명제에 성실하게 맥이 닿아 있다. 다시 말해 주제의식의 예술적 형상화가 시조의 그릇에 넘치지 않도록 축조했다. 당선을 축하드리며 정진을 당부한다.

심사위원 : 정해송

박해성

1947년 서울 출생
경기대학교 국어국문학과 졸업
제30회 한국시조시인협회 전국시조백일장 장원
민족시사관학교 회원
〈여강의 물결〉 동인
2010년 동아일보 신춘문예 시조 당선

heystar92@hanmail.net

■동아일보/시조
새, 혹은 목련

새, 혹은 목련

앙가슴 하얀 새가 허공 한 끝 끌고 가다
문득 멈춘 자리
매듭 스릇 풀린 고요
콕 콕 콕
잔가지마다 제 입김 불어넣는

그 눈빛 낯이 익어 한참 바라봤지만
난시가 깊어졌나,
이름도 잘 모르겠다
시간의
녹슨 파편이 낮달로 걸린 오후

은밀하게 징거맸던 앞섶 이냥 풀어놓고
곱하고 나누다가
소수점만 남은 봄날
화르르!
깃 터는 목련, 빈손이 사뿐하다

겨울, 설산에 들다

잠든 척 모로 누운 근육질의 강골 사내
한때 잉걸불이던 제 속내 다스리는지
하얗게 길을 지운다, 세속으로 이어지는

낮달 한 잎 물고 간 새 숨어든 구름 이고
시리게 언 뼈마디 짐승처럼 우는 나목裸木
살아온 시간만큼이나 가지 친 시름에 겨워

왜 산을 오르는가, 허허실실 되묻는다
숫눈이 환할수록 눈 뜨고도 허방 짚어
느낌표 혹은 쉼표로 세상 다시 가늠할 때

함박눈이 2막 3장 합창처럼 쏟아진다
환청의 골이 깊은 이 황홀한 아수라도
정녕코 길을 잃었나, 아님 나를 잃은 걸까?

걸음 멈춰 돌아보면 움푹 팬 눈의 생살
놀뛰는 정맥인 듯 꿈틀, 길 하나 낳고
누군가 그 통점 따라 생을 반쯤 오른다

몽자류夢字類 소설처럼

세잔의 정물화같이 풍요로운 저녁 식탁
수도꼭지 비틀면 코카콜라가 쏟아지지
무너진 어느 왕조의 쓰디쓴 사약 같은

창 밖엔 그날처럼 백기를 흔드는 눈발
절반쯤 놓쳐버린 외국영화 자막인 양
적멸의 '뉴 타운'에는 세월 그리 흘려놓고

때로는 목차에 없는 생이별도 아름답지
잘 벼린 비수 뽑아 자명고를 찢는 순간
천리마 말발굽소리 절정으로 내달리게,

행간에 가위 눌린 독자여 안심하시라
한 세상 사는 일이 하룻밤 꿈인 것을
비장의 에필로그는 반전이다, 해피엔드!

뉘인가, 책장 덮고 비몽사몽 얼얼한 이
전생에 마신 화주火酒 이제 취기 오르는지
벼랑 위 철쭉꽃인 듯 네온사인 뭉클, 붉다

수련

재앙의 낮달 삼킨
너였구나, 오필리아!
덜 삭은 그리움이 질식할 듯 목에 걸려
불면에
부르튼 입술
오늘에야 말문 여는,

바람의 뒤를 좇다
무릎 깨진 구름처럼
빈 하늘 헤매다 지쳐 절며 절며 오시는가
질척한
생의 언저리
울컥 터진 붉은 울음

비빔밥에 관한 미시적 계보

　내 윗대 할아버지는 몽골의 전사라 했지 본디 고운 할머니는 여진
족 규수였지만
　청동기 거울을 깨고 게르 촌으로 도망쳤단다
　개기월식 개인 후에 귀 큰 아이 태어났지, 금모래빛 살결에다 엉
덩이 푸른 반점
　절반은 바람이 키운 대륙의 아들이시다

　늑대보다 더 빠르게 말 달리던 열여덟 살, 눈보라를 방목하던 중
원을 가로질러
　동녘 성 공주님에게 별을 따다 바쳤더란다
　북극성이 점지하신 만주 도령 첫울음이 우레만큼 우렁차 변경에
소문 짜했다나,
　잘 자라 호밀밭같이 구레나룻 무성했지

　들꽃에 콧등 비비는 고집 센 망아지처럼 그 사내 꽃물 들어 산 넘
고 물 건넜지
　도도한 김해 김씨 문중 큰아기씨 손을 잡고
　강 건너는 동안에 불혹 넘긴 울 아부지, 겨우 건진 검불 같은 외동
따님 재롱에
　타고난 역마살이야 꾹 눌러 참고 사셨지

끊어진 시간의 매듭 더듬더듬 잇다 보면 이두박근 남도 청년 월남에서 돌아온 날
반갑다, 국기 흔들던 뉘 치마도 펄럭였는데

하필이면 내 딸인가 식지 않는 유목의 피, 어느 집안 내력인지 바람의 길을 따라
세상을 한 바퀴 반쯤 신들린 듯 누빈 낭자
숱 많은 검은 머리 코리아 처녀에 반해 도원에 둥지 틀었지 미국산 청교도 후예,
머잖아 초록별 닮은 대지구인 만나겠다

명동 축제

섬섬약골 시도 죽고 시인도 죽은 유행특구
비보이 전사 납신다, 정수리 지구를 이고
화장발 한껏 짙어진
명동은 지금 거나하다

무국적 비빔밥 같은 음악에 마냥 홀려
거리는 덜컥, 열렸다만 나 홀로 캄캄하다
신석기 밀림에서 온
초식성 외뿔소처럼

그대 진지하거나 감히 평범하지 말라,
설익은 자유하며 혀 짧은 모국어라도
섣불리 경經을 외우다
영락없이 경黥치는 법

이 지상 파장머리 삭발하던 그 성당 길
단식의 소신마저 오늘은 다 헐값인가?
더덩실, 허풍선 아재
춤사위 참 능청맞다

지독한 불면의 실마리 겨우 잡힐 듯

아침에 눈을 뜨고 냉수 한 컵 마십니다. 비수처럼 서늘히 가슴에 꽂히는 한강 줄기! 웅녀가 마셨던 그 강물이 내 몸을 깨웁니다. 이제야 겨우 잡힐 듯한 지독한 불면의 실마리, 그게 바로 시였습니다. 신전의 대리석 기둥같이 나를 지탱해주는, 아니 저항할 수 없는 견고함으로 나를 압도하는 나의 천국, 나의 지옥 그리고 …

아버지, 당신의 바람 같은 자유를 증오했고 출구 없는 가난을 저주했으며 타협할 줄 모르는 우직함을 원망했었지만 대책 없이 당신을 닮은 딸이 이 허허한 벌판에 맨발로 섰습니다. 오늘은 따뜻한 그 등에 업혀 아이처럼 실컷 울고 싶습니다.

나의 첫 번째 독자이자 절대 팬인 남편 이조훈 님에게 이 영광을 드립니다. 사랑하는 딸 명휘 승휘 아들 승규와 새로이 가족이 된 티머시 미드와 배지현에게 부끄럽지 않은 시인이 되리라 다짐합니다.

6년의 습작기간을 채찍질해주신 지도교수님과 동행한 문우들에게 깊은 감사를 드립니다. 내 문학의 모태가 되어준 경기대학교 국문학과에 빛이 있기를!

졸작을 뽑아주신 심사위원님께 고개 숙여 경의를 표합니다. 고루한 편견 없이 평등의 정의를 실천하는 동아일보에서 희망을 읽습니다. 누군가에게 빛과 소금이 되는 '사람'이고자 노력하겠습니다.

꺾음과 이음새 돋보이는 감성의 붓놀림

　　모국어의 가락을 가장 높은 음계로 끌어올리는 시조의 새로운 가능성을 신춘문예에서 읽는다. 올해는 더욱 많은 작품이 각기 글감찾기와 말맛내기에서 기량을 보이고 있어 오직 한 편을 고르기에 어려움을 겪는 즐거움이 있었다.

　　「에세닌의 시를 읽는 겨울밤」(이윤훈)은 서른 나이에 스스로 목숨을 끊은 러시아 시인의 이름을 빌려 자작나무 숲이 있는 겨울 풍경 속으로 끌고 들어가고 있는데 시어의 새 맛이 덜 나고, 「새로움에 대한 사색」(송필국)은 고려의 충신 길재의 사당 '채미정' 을 소재로 생각의 깊이를 파고들었으나 한문투가 거슬렸다. 「널결눈빛」(장은수)은 해인사 장경판전의 장엄을 들고 나왔으나 글이 설었으며 「빛의 걸음걸이」(고은희)는 말의 꾸밈이 매우 세련되었으나 이미지를 받치는 주제가 미흡했고, 「도비도 시편」(김대룡)은 지금은 뭍이 된 내포의 한 섬을 배경으로 역사성을 갈무리해서 완성도를 보였으나 내용과 형식의 새로운 해석을 얻지 못했다.

　　당선작 「새, 혹은 목련」(박해성)은 '왜 시조인가?' 에 대한 분명한 답을 주는 작품이다. 역사적 사물이나 자연의 묘사가 아니더라도 현대시조로서의 기능을 오히려 깍듯이 해낼 수 있다는 가능성을 활짝 열고 있다. 감성의 붓놀림과 말의 꺾음과 이음새가 시조가 아니고는 감당 못할 모국어의 날렵한 비상이 맑은 음색을 끌고 온다. 더불어 시인의 힘찬 날갯짓을 빈다.

심사위원 : 이근배

배경희

1967년 충북 청원 출생
2009년 7월 중앙일보 시조 장원
2010년 서울신문 신춘문예 시조 당선

ybkyungh@hanmail.net

■서울신문/시조
바람의 산란

바람의 산란

모든 것이 사라져도 바람은 존재한다
수천 년 살아 있는 혼들의 화석처럼
떠돌며 우리의 삶 속에 잔뿌리를 내린다

당신은 허공 속의 자궁에서 태어난다
힘들고 지친 자들의 울음을 파먹으며
온몸을 먹구름 속에 수없이 휘어가며

밤새 비 쏟아지고 나무를 두드렸던
바람 새들 불러 모아 한바탕 쓸고 간
마당엔 햇살 물고기 푸륵푸륵 뛰논다

양철집

골목 끝 함석집에 벙어리 남자가 산다
망치로 온종일 귀문을 두드리고
등 굽은 공벌레처럼
양철소리를 매단다

한낮을 울려대는 소리들이 올올 풀려
포플러 잎새마다 햇빛문양이 빛난다
쐐쐐쐐 철 벌레 소리가
마음 귀에 돋아난다

먹구름 속 피어나는 민들레 하얀 공
소리 없는 무늬로 춤추는 양철 빗방울
우우우 그의 미소가
들메꽃처럼 환하다

사막의 역사

애초엔 바다였다 기억만 살아 있는
바람이 쓸고 간 고요의 자리마다
수천 번 물고기비늘 퍼덕이는 모래바다

바람은 알고 있나 저 깊이 꿈틀대는
태양 아래 타들어가는 사막의 소리들
수만 번 파도의 역사를 새기고 또 새기는

그래설까 저 멀리 물고기 떼 헤엄치듯
지평선 위 부풀어 오른 모래고래 몰려온다
온밤이 펄펄 끓도록 푸른 사막이 들썩인다

무릎 페달

어머니의 무릎은
가족의 페달이었네
드륵드륵 저고리를
숲처럼 박곤 했네
수많은 푸른 바람이
그 안에 살고 있었네

저녁이면 분꽃들도
그 소리에 이끌리고
하루가 무릎 속에
구부린 채 들었네
새벽이 문지방 너머
기다리고 있었네

난蘭의 겨울

1

마루 위 난 그림자 헛뿌리를 내린다
흰 꽃이 머문 자리 정적같이 은미하고
물길을 안고 자란 듯
구불구불한 뿌리들

2

돌 틈으로 삐죽이 빠져나온 흰 발톱들
물을 주면 바스스 타 들어가는 소리
얼마나 오래 참았을까
날개마다 돋는 초록들

게임 바이러스

가끔씩 빈 눈으로 없는 엄마 부르며
소년은 컴퓨터 속 게임으로 들어간다
제 안의 눈물도 슬픔도 수평선에 앉힌다

밀폐된 지하에서 탕 탕 탕 발사 발사
사람을 죽일수록 경험치*는 상승하고
그 위로 자신의 위치만 남기고 또 남긴다

제 몸을 갉고 있는 수천 그램 어둠을
일용할 그리움으로 꽃피우는 화면 속
끝없는 게임나라는 외로움 숙주였다

* 경험치 : experience. 줄여서 EXP라고도 한다.
  인간이 감각이나 내성을 통해서 얻는 것 및 그것을 획득하는 과정.

방황하는 나는 늘 뒤에 있었다

현재 진행형, 내면의 방황을 하면서 늘 나는 뒤에 있었습니다. 어릴 적 대추나무 아래서 어머니를 온종일 기다렸던 시간들, 먼 한천 내를 바라보면서 질경이를 질기도록 뜯었던 시간들, 한천 둑방길을 끝없이 걸었던 시간들, 그러한 기억들이 저를 있게 한 힘이었습니다.

지금도 어렴풋이 생각이 납니다. 아무도 없는 마당 위 햇빛 재잘거림과 나무의 그림자가 커졌다 작아졌다 하는 한낮은 구름 양 떼를 이끌고 돌아온 하늘 집이었습니다. 그 그리움으로 외로움을 지탱하며 시를 습작하게 되었습니다. 그때 그 시절 도종환 선생님, 송찬호 선생님께서 큰힘을 주셨습니다. 그 길을 근근이 걸어온 10년이라는 세월, 저의 시는 더뎠습니다.

우연히 정수자 선생님 시조를 읽고 느낀 시조의 깊이와 여백의 미. 그것은 큰 나무가 되기 위해 잔가지를 치는 것 같았습니다. 시조는 격이 있는 나무였습니다. 그 격조와 함께하고 싶었습니다. 취미 삼아 그림 붓질을 해온 터이지만, 시조는 그림과 다른 위안과 힘을 주었습니다. 시조는 길가에 핀 들풀이나 풀잎에 맺힌 물방울, 그 안에 숨은 우주를 보는 것, 징을 울릴 때의 파문, 울림 같은 것이었습니다.

파편 속에서 전체를 볼 수 있는 마음을 기르겠습니다. 갈 길이 멀지만 그만큼 더 노력하겠습니다. 부족하고 더없이 부족한 저를 격려하고 이끌어 주신 정수자 선생님, 그리고 보이지 않게 성원해준 우리 가족과 부모님께 감사드리고, 선정해 주신 심사위원님들과 서울신문사에도 깊이 감사드립니다.

이미지와 정형미의 융합

　문단의 지형도에 첨예한 서슬과 싱그러운 기세를 불어넣는 것이 신춘문예이다. 시조 부문에서는 해마다 응모작이 수적으로 늘어나고 문학적 성취도 높아지고 있다.

　가장 반가운 움직임은 견고한 천 년의 내력을 간직한 시조에 바로 지금 시점의 생기 도는 감각을 선사함으로써 새로운 심미를 탐색하고 있는 시도들이다.

　당선작에 선정된 배경희의 「바람의 산란」은 감수성이 흐드러진 시상을 펼치는 가운데 시조만의 정형 또한 탄탄하게 지키고 있다.

　이러한 조합을 기반으로, 시적 이야기를 매끄럽게 전개시킨 것도 주시할 만하다. 인간의 삶을 '바람'으로 투영하는 과정에서, 실체 없는 심상을 선연한 이미지로 옮기고 있어 부단한 생각의 깊이와 무게가 느껴지며, 가락을 유희하는 듯이 구성한 정서의 흐름이 노련하다.

　최종심에 오른 후보작은 강연숙의 「청자상감범나비-애벌레의 꿈」, 송필국의 「새하얀 삘기꽃만 눈발처럼 흩날리고-장 프랑수와 밀레의 이삭줍기」, 장은수의 「새의 지문」, 김대룡의 「우항리를 지나며」, 이상근의 「그림 일기」 등이다.

　이미 각자 뛰어난 특질을 갖추고 있으므로, 내면 세계에만 머무르지 않는 소통의 시어를 찾으며 장르에 부합할 정형미를 가다듬고, 소재와 묘사에 접근하는 발상을 과감히 바꾼다면 모두가 시조 시단의 놀라운 기량이 될 것으로 믿는다.

심사위원 : 이근배 · 한분순

조민희

1940년 전남 영광 출생
조선대 가정학과 졸업
한국방송통신대학교 국문과 3학년 편입 재학 중
전남중학교 교사 역임.
2009년 제1회 관동별곡 시조백일장 대상 수상
2010년 조선일보 신춘문예 시조 당선

chomh1940@naver.com

■조선일보 /시조
콩나물 일기

콩나물 일기

하지 무렵 짧은 고요 어둠에 잠겨 든다.
별꽃 뜬 어둑새벽 그믐달과 살을 섞고
쟁쟁한 징소리 내며 두 손 밀어 올린다.

노긋이 날개 접고 지어가는 고치 속에
갇혔다 튕겨진 몸, 바람에 여위어 가고
이제는 못 삭힌 열망 갈증으로 남는다.

눈물로 녹여낼까? 꺼내어 든 물음표
외발로 등 기대고 소통의 문을 연다.
화들짝 개나리 피어 또 한 생이 열리고.

번잡한 영등포역 문 헐거운 국밥집에서
인력시장 줄선 사내 빈속을 달래 주는
그렇게 열반에 든다, 누추한 시대 성자처럼…

일지암, 비에 젖다

일지암 찬비 젖어 추녀 끝에 듣는 낙수
추사체로 흘러내려 초의를 만나는가,
산죽 잎 흐드기는 소리 해조음을 실어 오고.

유천수로 우린 찻잎 마음 가득 진향 스며
먹구름 시린 시간에 먹물을 갈고 갈아
올곧게 뼈를 세운 적송 세한도를 펼친다.

오동나무, 현악기 탄주하다

풀빛 저리 묻어나는 5월 초순 운암산에 보랏빛 은핫물 든 목을 세운 오동나무
강 건너 신창동선사유적지* 그 유물 되작인다.

소쩍새 목 놓으면 빗살토기 눈물 괴고, 온밤을 보삭대던 다 해진 현악기통
비단실 매고 조여서 그 소리 풀어낼까.

득음의 귀를 열고 음률 고른 이파리들, 한 줄금 소낙비에 탄주를 시작한다.
스르렁, 스르렁 둥당 환청으로 피는 꽃.

> * 광주광역시 신창동 소재. 기원 전 1~2세기경 생활상을 알 수 있는 농경 유적이 발굴된 곳. 우리나라 최초의 현악기가 발견되어 화제가 되기도 했다. 사적 제375호.

애기 은어 잔발 뛰는

탐진강 따라 간다, 애기 은어 잔발 뛰는

섬 그늘 징검돌 놓아 쪽물 푼 정남진에

관 쓰고, 천관天冠을 쓰고 은비늘을 떨친 순간.

녹슨 칼날 짤랑이며 신명나게 검무를 추는

차르르 춤사위에 낮달 저리 흥이 돋아

둥기 둥, 술대를 들고 거문고 줄 고르는가.

비워 낸 마음 안쪽 소리들이 쌓여간다.

허방 같은 가슴께를 밟고 가는 발자국들

죄 뜯긴 앞섶 여민다, 주워 담는 음률 하나.

빛과 교감하다

3월 동백

뚝! 지다 되살아나는 삼월 저 붉은피톨
모진 바람 견디어 낸 모지라진 꽃숭어리
생가슴
물비늘 일어
푸른 혈맥 파닥인다.

은사시나무

해거름 긴 그림자 조금씩 잘라먹고
햇살이
키워낸다,
마른 나무 손톱자국
진주빛 매니큐어하고 박수를 짝짝 치는…

감

초여름
잎 그늘에
숨어 피던 그 감꽃이
물억새 호숫가에
덩그렇게 불 밝힌다.

팽팽한 하늘선 넘어 달려오는 가을빛.

노송老松
두루 두루 비춘다고 넙죽 받을 순 없지
해탈한
바늘잎 처사處士
세필 들고 경經을 새긴
굽은 등 돋을무늬가 눈雪빛에 선연하다.

껌 · 바이러스

1

비릿한 추억 넘실대는 7080 축제마당*
잔치 끝난 파장머리 꽃탑의 그늘 아래
세상 뜬 당매골 할매 곰보 얼굴 누워 있다.

2

째작째작 씹는 쾌락, 어금니 저작詛嚼의 쾌락
단내 쓴내 다 내주고 길바닥에 버려진다.
나신裸身의 붉은 수치심 가려 줄 손길 없나?

남정네 지나가면 신발 뒤축 부여잡고
쫀득하게 짓이겨져 이리 저리 옮겨 붙는
오 저런! 음지 쪽 바이러스다, 열병 앓는 도시에서.

* 추억의 7080 충장축제 : 광주광역시 동구 충장로 황금로 금남로 등지
  에서 추억을 주제로 해마다 10월에 열리는 거리문화 축제.

도전의 활시위 당길 수 있게 독려해준 분들께 감사

늦게 김장을 담그던 날, 당선 통보를 받았다. 반가움보다는 떨림이 앞섰다. 칠순을 넘긴 나이에 웬 욕심으로 신춘문예에 도전했느냐는 질책을 받을 것 같은 두려움이 내면에 도사리고 있었나 보다.

65세에 조선대 평생교육원 문창과에 입학해 시 쓰기를 시작했고 시조 쓰기 4년 만에 당선의 기쁨을 안게 됐다. 50년 전 내 고교 시절 담임이셨던 조복남 선생님의 권유가 아니었다면 지금 이 순간은 없었을 것이다. 친정 백부이신 조설현은 독립운동가 신석우가 1920년대 조선일보를 인수할 때 참여했던 분이어서 조선일보를 통한 등단이 내겐 더욱 큰 의미를 지닌다.

나를 시의 세계로 이끌어 주신 문병란 교수님, 젊은 분들 사이에 끼어 공부할 수 있게 허락하시고, 시 분석의 즐거움을 맛보게 해주신 전원범 교수님, 정원철 선생님께 감사의 마음을 전한다. 말부림의 멋과 현대시조의 광맥을 찾아가는 민족시사관학교 윤금초 선생님과 문우와 함께 이 기쁨을 나누고 싶다.

사랑과 행복한 삶을 실천하는 복음교회 목사님과 교우들의 가르침을 받아서 따뜻한 시와 시조로 보답하련다. 도전의 활시위를 당길 수 있게 독려해준 박현덕 시인, 이보영 시인에게 감사하고, 심사위원 선생님께 감사드린다.

서정의 화법으로 선보인 현대적 운율 돋보여

올해 시조 부문의 응모작들은 재기 넘치는 시도들이 저마다의 완성도를 겨루었다. 낱말의 시각적 배치로 확보하는 신선한 형식미, 고시조의 강박을 벗어나 다양화된 소재, 현시대와 소통할 만한 말랑하며 친밀한 서술로 돋보이는 수작들이 많았다.

그러나 응모작들 가운데 그럴듯한 시어들의 기계적 나열에만 그치는 것도, 초장 중장 종장의 글자 수를 교과서같이 맞춰서 리듬감을 잃는 것도, 모두 운율의 묘미를 살리지 못한 작품도 눈에 띈다.

최종심에 오른 작품들은 「그 밤의 타클라마칸」 「난蘭의 겨울」 「무」 「노래하는 돌」이다. 이들 모두 당선될 만한 역량을 지녔으나, 난해한 수사법이 몰입과 이해를 가로막고, 처연한 독백에 머물러 긍정의 혜안으로 전환되지 않은 미비함이 보인다. 또한 시조의 결정적 아름다움, 다시 말해 종장의 수려한 마무리를 놓치고 있다.

당선작은 조민희의 「콩나물 일기」이다. 삶의 소소한 편린에서 착안한 진정의 공감을 바탕으로, 시조의 형식 미학을 지키면서 틀에 구애되지 않는 현대적 운율을 구사한다. 그리고 세밀하게 흐르는 기승전결이 뚜렷한 형상화와 어우러져 여향을 남긴 결구까지 서술과 서정이 조합된 화법을 보이고 있다. 앞으로 현대 시조의 범주를 새롭게 확장시킬 솔깃한 기질의 발견이라 여긴다.

심사위원 : 한분순

〈시〉 강윤미 권지현 김성태 박성현 석미화 성은주
심명수 유병록 이길상 이만섭
〈시조〉 김대룡 김환수 박해성 배경희 조민희

2010년 신춘문예 당선시집

초판 1쇄 발행일　2010년 1월 15일
2쇄 발행일　2012년 3월 15일

지은이 · 강윤미 외
펴낸이 · 김종해
펴낸곳 · 문학세계사
이메일 · mail@msp21.co.kr
홈페이지 · www.msp21.co.kr
www.seein.co.kr(계간 시인세계)
주소 · 서울시 마포구 신수로 59-1(121-110)
대표전화 · 02) 702-1800 | 팩시밀리 · 02) 702-0084
출판등록 제21-108호(1979. 5. 16)

값 10,000원

ISBN 978-89-7075-484-0　　03810
ⓒ 문학세계사, 2010